KB124306

15세 테러리스트

15세 테러리스트

마츠무라 료야 지음
김난주 옮김

할배책방

"신주쿠 역에 폭탄을 설치했습니다. 거짓말이 아니에요."

이런 폭파 예고 선언이 동영상 공유 사이트에 올라왔다.

영상 속에서 한 소년이 차분하게 말했다.

"다, 날려버릴 거야."

모두가 장난이라고 여겼다.

이 영상의 댓글에는 경찰에 신고했다는 내용을 비롯해 소년을 향한 욕설과 비난이 줄줄이 이어졌다. 아무도 그의 선언을 진지하게 받아들이지 않았다.

그러나 거짓말도 장난도 아니었다.

그로부터 불과 1시간 후.

1월 15일, 화요일 오전 8시 17분, 신주쿠 역 중앙선 플랫폼에서 폭발 사건이 발생했다.

곧바로 주모자로 짐작되는 소년에 대한 정보가 나돌았다.

도쿄 소재 방송통신고에 다니는 소년.

열다섯 살.

전국을 뒤흔든 소년범죄의 개막이었다.

1

"날짜가 움직이지 않아요."

처음 취재했을 당시, 하세가와는 고뇌에 찬 표정으로 그렇게 말했다.

"사건 당일에서 꼼짝 않습니다. 달력을 뜯어내도, 요통이 심해져도, 그야말로 해가 바뀌어도, 계속 그날이에요. 사건이 발생했던 날이 마치 오늘처럼 느껴집니다."

하세가와는 소년범죄의 피해자다. 정확하게는 피해자의 유가족이지만, 피해자라고 하지 않을 수 없다. 그의 인생 또한 파괴되었으니 그렇다.

안도는 때로 그가 했던 말을 떠올린다.

'날짜가 움직이지 않는다.'

아무리 시간이 흘러도 마음의 상처는 치유되지 않는다. 사람들은 흔히 시간이 모든 것을 해결해 준다고 하지만, 그 말은 문제가 수긍할 수 있는 방향으로 마무리되었을 때에나 해당된다. 사건이 불합리하게 끝났을 경우에는 그리 간단하지 않다. 시간이 흐르면 흐를수록 분노와 허망함만 더할 뿐이다.

소년 범죄 현장에서는 그런 피해자와 자주 마주친다.

안도는 그래서 더욱이 기자로 활동하고 있다.

그들의 날짜가 조금이라도 앞으로 나아갈 수 있도록 하기 위해.

"안도 씨 덕분에 다소나마 시간이 움직이기 시작했습니다."

안도가 하세가와에게 그런 말을 들은 것은 그를 만난 지 반년이 지날 무렵이었다.

"이제야 알 것 같습니다. 가해자가 얼마나 잔혹한 놈인지 말이죠. 경찰도 가정 재판소도 전혀 가르쳐주지 않았는데."

눈이 벌겋게 부은 하세가와는 그렇게 말하면서 고개를 숙였다.

안도는 고개를 들라고 말했다.

"재판에서, 소년들끼리의 싸움으로 심리가 진행되었다더군요."

그렇게 말하자, 하세가와는 한숨을 내쉬며 말했다.

"그러나, 안도 씨의 취재 내용은 그렇지 않잖아요. 실제로는 일방적인 폭행 아니었습니까? 현장에는 우리 아들 외에 다른 소년이 다섯이나 있었어요. 5대 1의 싸움이 어떻게 가능합니까? 아들은 그들에게 불려나갔다가 폭행을 당했을 뿐인데, 진술서에는 마치 아들에게 잘못이 있는 것처럼 쓰여 있었어요. 검찰이 아예 수사를 하지 않았다는 거죠."

안도는 고개를 끄덕였다.

가해자의 나이는 당시 열세 살이었다. 14세 미만의 촉법소년, 즉 형사처분을 할 수 없는 나이이다. 그러니 검찰은 관여할 수 없었을 것이다.

하세가와의 아들을 죽음으로 몰고 간 소년에게는 소년원 송치 판결이 내렸다.

열세 살이라는 나이를 감안하면 가장 무거운 처분이다. 하지만 피해자 입장에서는 그 정도 형벌로 충분치 않을 것이다.

“하세가와 씨, 민사소송을 제기하실 건가요?”

안도가 묻자, 하세가와는 힘주어 고개를 끄덕였다.

“네, 당연하죠. 돈이 전부는 아니지만, 조금이라도 배상액을 높이고 싶습니다.”

“기꺼이 협력하겠습니다. 기사로 다루지 않은 정보도 말씀 드리죠. 증인이 되어줄 만한 사람도 있습니다.”

“바쁘실 텐데, 그렇게까지 하셔도 되는 건지요?”

“저는 기자입니다.”

안도가 손을 내밀면서 말했다.

“아드님의 억울함을 조금이라도 덜 수 있도록, 힘을 내봅시다.”

하세가와는 안도의 손을 꼭 잡고 기쁜 듯이 몇 번이나 흔들었다.

눈가에 주름이 자글자글하다. 반년 전보다는 그나마 여유 있게 웃는 얼굴이다.

그와 헤어진 다음 안도는 회장을 둘러보았다. 강연회는 이미 끝났지만 회장에는 아직 많은 사람들이 남아 있었다. 안면이 있는 참가자들이 서로의 근황을 나누고 있다.

2백 명 정도가 모일 수 있는 회장.

그 정면에 현수막이 걸려 있다.

'소년범죄 피해자들의 모임'

소년범죄 피해자의 유가족들이 주최한 강연회다. 최근의 소년범죄 현황과 소년법에 관한 전문가의 설명이 있었다.

이들은 두 달에 한 번 모임을 갖는다. 안도도 가능한 한 모임에 참석하고 있다.

"안도 씨, 오랜만입니다."

등 뒤에서 힘찬 목소리가 들렸다.

돌아보니, 검은 양복 차림의 덩치 큰 남자가 서 있었다.

"히즈 선생님."

안도는 머리를 숙였다.

"저야말로 오랜만에 뵙습니다."

"선생님이라니요. 이런 자리에서 그렇게 불리는 거, 별로 좋아하지 않습니다."

덩치 큰 남자가 씩 웃었다.

히즈 슈지. 법무위원회 소속 중의원 의원으로 여당에서 활약하고 있으며 젊은 데다 외모도 듬직하다. 몇 년 전, 정계에 진출할 때는 큰 화제를 모았다. 소년범죄 문제에 대해서는 급진파로 과격한 발언 때문에 비난당하는 일이 종종 있지만, 질의에 나설 때의 모습은 패기가 있고 당당하다. 안도는 그에게 그저 자리만 지키는 의원과는 다르다는 인상을 품고 있다.

히즈와는 이 모임에서 알게 되었다.

그도 바쁜 사람인데, 틈을 내어 참석하는 듯했다.

"지난달 주간 리얼의 그 기사, 안도 씨가 쓴 거죠? 가해자의 성장 과정까지 파헤쳤더군요. 아주 흥미롭게 읽었습니다."

말투로 보아 허투루 칭찬하는 것은 아닌 듯하다.

필자를 밝힌 기사가 아니었다. 꼼꼼하게 읽지 않고는 필자의 버릇까지 알지 못한다.

"히즈 씨, 법 개정안은 어떻게 되어가고 있습니까? 진전이 있는지요?"

"아, 그게 안도 씨도 잘 알겠지만, 소년법의 적용 연령을 낮추자는 논의는 지금도 진행되고 있습니다. 다만, 변호사와 소년 범죄자 교화에 종사하는 사람들의 반발이 거세서 말이죠."

소년법 개정에 관한 논의는 민법 개정에서 비롯되었다. 선거권과 민법에 그칠 게 아니라 소년법 적용 연령도 20세 미만에서 18세 미만(우리나라 현행법은 19세 미만)으로 개정하자는 내용이다.

이 논의는 어떤 결론에 이를 것인가.

안도 자신도 명확한 예측은 할 수 없다.

"반대파의 주장도 이해는 갑니다."

히즈는 씁쓸한 미소를 띠고 말했다.

"소년법에는, 성인이라면 불기소 처분될 사안이라도 가정 재판소에서 심리한다는 원칙이 있으니까요. 적용 연령을 18세 미만으로 낮추면 비행 소년을 방치할 우려가 있다는 것도 사실입니다. 저는 일단 찬성파지만, 법 개정에 아직 논의의 여지가 충분하다는 것은 부정할 수 없군요."

"18세 이상 가해자 소년에 대해 엄벌을 가하자는 논의 역시 계속되겠군요."

소년법 개정에 시간이 걸린다는 얘기는 어제 오늘 일이 아니다.

"그러니까, 18세 미만의 범죄 소년을 엄벌에 처하는 일은 아직 멀었다는……?"

안도가 물었다.

"네, 법을 개정한 지 오래지 않으니 또 시간이 걸리겠죠."

히즈가 동의했다.

법이 한 번 바뀌면 의원이나 관료는 그 영향이 확인되기 전에는 다음 개정을 주저하는 것이 보통이다. 18세 이상 소년을 대상으로 하는 법 개정에 몇 년이 걸렸다. 그 효과를 확인하는 데도 몇 년, 그리고 18세 미만에 대한 논의를 시작한 지 벌써 몇 년. 그러니 이번 개정에도 상당한 시간이 걸릴 것이다.

히즈는 한숨을 쉬면서 말했다.

"국민의 불만은 18세 미만에 대한 법률에 있겠죠. 18세 이상은 현재 형사처분이 가능하니, 사형 집행도 할 수 있습니다. 문제는 국제법상 최고형을 집행할 수 없는 18세 미만의 범죄소년을 어떻게 벌할 것이냐 하는 거겠죠."

안도도 옳은 말이라는 뜻으로 고개를 끄덕거렸다.

흔히 오해하는 경향이 있는데, 가해자가 18세 이상이면 사형 판결이 가능하다. 사형 판결을 내리지 않는 이유는 소년법이 아니라 재판소의 사형 기준에 있다.

히즈가 설명을 이어갔다. 분노가 이는지 목소리가 커졌다.

"미성년자는 흉악범이 아닌 이상, 비공개 소년 심판에서 심리하고, 전과조차 남지 않습니다. 뉴스나 보도에도 실명이 거론되지 않고, 형량도 원칙상 길어야 2년 이내의 판결을 내리죠. 그리고 대개는 반년이나 1년이 지나면 사회로 복귀합니다. 18세 미만은 사형을 집행할 수 없고, 무기 징

역에 상응하는 범죄를 저질러도 유기형으로 감형되곤 하죠. 게다가 14세 미만은 아무리 흉악한 범죄를 저질러도 형사 처분이 불가능합니다. 엄벌은커녕, 죄를 묻기도 어렵죠."

히즈가 침을 내뱉듯이 말했다.

"처분이 약하다고 하지 않을 수 없어요."

조금 전의 하세가와 표정이 떠올랐다.

고뇌와 허망함에 찬 눈동자.

"그렇죠."

안도도 맞장구를 쳤다.

"현행법은 피해자가 수긍할 수 있는 선이 아니죠."

소년법은 2014년에도 한 차례 개정되었다. 엄벌에 처하는 방향으로 개정되었지만, 피해자가 충분히 수긍할 수 있는 개정은 아니었다.

소년법의 몇 가지 조항이 떠오른다.

제51조 범죄를 저질렀을 당시 18세에 미치지 못한 자는, 사형에 상응하는 죄라도 무기형에 처한다.(우리나라 소년법에서는 제59조에 해당)

제22조 친절하고 온화하게 심리를 진행함과 동시에 비

행을 저지른 소년이 자신의 비행에 대해 반성을 촉구하도록 해야 한다.

심판은, 심리를 공개하지 않는다.(우리나라 소년법에서는 제24조에 해당)

제61조 기사 등의 게재도 금지한다.(우리나라 소년법에서는 제68조에 해당)

이 조항들에 대해 비난의 소리가 빗발치고 있다.

국가가 나서서 비행소년을 보호하는 일에 반발하는 의견이 적지 않은 것이다.

이를 반증하듯 소년법으로 보호받는 흉악범죄자를 소재로 한 픽션이 수도 없다. 그만큼 분노를 느끼는 사람이 많다는 뜻이다.

안도 역시 현행 소년법에 회의적인 한 사람이다.

히즈는 마치 연설을 하듯 이렇게 말을 마무리했다.

"안도 씨, 국민들이 다시 한번 소년범죄와 마주할 때가 왔습니다. 저는 그렇게 생각해요. 기자와 정치가, 서로 입장은 다르지만 협력하도록 합시다."

국민의 환호를 받는 정치가다운 말이다.

속에서는 웃음이 나왔다.

그러나 절대 얼굴에는 드러내지 않고 일단 동의했다.

인사를 나누고 히즈와 헤어졌다. 인사를 해야 할 사람이 또 있다. 기자로서의 정의감도 있지만, 동시에 업무 중이기도 하다. 안도는 소년범죄 전문 기자다. 이 모임에 참석한 사람들 모두가 취재 대상이다.

수첩을 다시 확인했다. 이제 또 누구를 만나야 하나.

그러다 문득 깨달았다.

그러고 보니 요즘 '그 아이'를 통 보지 못했다.

그날, 안도는 깊은 밤이 되어서야 집으로 돌아왔다.

신주쿠에 있는 방 두 칸짜리 아파트에서 혼자 살고 있다.

과거에는 같이 사는 사람이 있었다.

거실장에 놓인 사진 액자를 본다. 한 여자가 부드러운 미소를 띠고 있는 사진이다.

이구치 미치코. 안도가 대학 시절부터 사귄 여자다.

날짜가 움직이지 않는다는 말이 맞네, 하고 안도는 생각했다.

그 사건으로부터 3년이 지났다. 그러나 눈을 감으면 미치코와 함께 살았던 나날들이 어제 일처럼 떠오른다. 피곤

한 표정으로 투덜거리던 모습에서 그녀가 종종 구워 주던 버터 쿠키의 맛까지.

안도는 간단히 식사를 끝내고 침대에 누웠다. 텔레비전도 뉴스가 아니면 보지 않고, 업무상 필요한 경우 외에는 술도 마시지 않는다. 집에 돌아오면 그저 잘 뿐이다. 3년 전부터 업무가 아니면 할 일을 찾지 못하고 있다. 집에서는 오로지 잠만 잔다.

불쑥 히즈가 한 말이 뇌리를 스쳤다.

"안도 씨, 국민들이 다시 한번 소년범죄와 마주할 때가 왔습니다."

정치가답게 거창한 발언이다. 저출산과 고령화 문제에 대해서도 정치가는 일단 큰소리를 치고 본다.

물론 보다 많은 사람들이 소년범죄에 관심을 갖는 것은 바람직한 일이다. 그러나 안타깝게도 사람들은 소년들의 흉악한 범죄가 발생한 다음에나 관심을 보인다. 그리고 범죄에는 반드시 피해자가 존재한다.

연인을 빼앗긴 자신처럼.

소년범죄와 마주해야 하는 사태는 벌어지지 않는 것이 최선이다.

안도는 이내 잠에 빠져들었다.

히즈의 말이 예언이 될 줄은 꿈에도 모르는 채.

요란하게 울리는 벨소리에 안도는 눈을 떴다.

휴대전화로 손을 뻗는다. 편집장 고바야시였다.

"안도, 당장 나와."

다짜고짜 명령이다. 아침 인사도 없다. 흔히 있는 일이다.

자신을 급히 불러내는 걸 보면, 또 소년범죄가 발생한 것일까.

어째 영 찝찝하네, 하고 중얼거리고는 바로 나갈 준비를 했다.

자전거를 타고 달린다. 1월 중순의 아침이다. 추워서 귀까지 따끔거린다. 차가운 바람에 얼굴을 찡그리면서 무심히 페달을 밟았다.

〈주간 리얼〉 편집부는 요요기 역 근처에 있다.

역이 멀지 않았다. 거리 분위기가 이상했다. 평소보다 걸어가는 사람들이 많다. 어떤 사람들은 길거리에 서서 휴대전화를 뚫어져라 쳐다보고 있다. 택시 승차장도 북적거린다.

전철이 운행을 중단한 모양이다.

왜지? 폭설이 내린 것도 아닌데.

걷는 사람들이 많아 당황하면서 안도는 겨우 편집부에 도착했다. 안도가 일하는 〈주간 리얼〉 편집부에는 정리정돈이라는 말이 존재하지 않는다. 각 책상에 엄청난 양의 서류가 무질서하게 쌓여 있어, 그 너머에 누가 있는지도 바로 알 수 없을 지경이다.

서류 더미를 건드리지 않도록 조심하면서 고바야시에게 다가갔다. 어깨가 넓은 남자, 고바야시가 컴퓨터 화면을 노려보고 있었다.

고바야시가 안도를 알아보고는 컴퓨터를 가리켰다.

"안도, 이 동영상의 소년, 본 적 있나?"

"동영상이요?"

"오늘 아침에 범행 예고가 인터넷에 올라왔어. 각 철도 회사에 보낸 모양인데, 전철이 멈춘 것은 그 때문이야."

해당 동영상의 재생수는 약 3만.

회색 벽 앞에 한 소년이 서 있다.

반듯하게 생긴 소년이다. 콧대의 윤곽도 또렷하다. 눈을 크게 뜨고 있다. 피부는 하얗고, 아직 풋풋함이 남아 있는 얼굴 탓에 다소 중성적인 분위기를 풍긴다.

소년이 말했다.

"이 범행 예고가 진실이라는 확실한 증거는 내밀 수 없지만, 대신 장난이 아니라는 증거는 말씀드리죠. 저의 개인 정보입니다. 이름, 나이, 학교 등을 차례로 말씀드리죠. 와타나베 아쓰토, 열다섯 살, 학교는……."

소년은 망설임 없이 말을 이어갔다.

뭐야, 이거.

화면에서 눈을 뗄 수 없었다. 소년은 카메라를 노려보고 있다.

"신주쿠 역에 폭탄을 설치했습니다. 거짓말이 아니에요."

소년은 차분하게 말하다가, 갑자기 내뱉었다.

"다, 날려버릴 거야."

의미심장한 말과 함께 동영상이 끝났다.

안도의 입에서 신음이 흘러나왔다.

이 소년은…….

"안도?"

안도는 심호흡을 했다. 그리고 숨을 내쉬면서 말을 꺼냈다.

"악질적인 장난이겠죠. 또는 괴롭힘의 가해자가 강요했든지."

"전에 이런 사례가 있었나?"

"인터넷에 폭파나 살인을 예고한 사례는 있습니다. 범죄 과정을 촬영해서 인터넷에 올린 사례도 있죠. 그러나 얼굴과 이름까지 밝히면서 범행을 예고한 사례가 있는지는 잘 모르겠습니다."

"전철을 긴급 정지시킬 만큼의 사태라는 얘기인데. 이 아이는 앞으로 어떻게 되겠나?"

"악질이지만 열다섯 살이라고 하니까. 가정환경에도 좌우되겠지만, 소년 감별소(우리나라 명칭은 소년분류심사원)로 회부된 후에 보호 관찰이나, 소년원으로 가게 되지 않을까요?"

"이 정도면 형무소행 아닌가?"

편집장이 눈을 찡그렸다.

안도는 고개를 저었다.

비행 전력이 없으면 아마 보호관찰 처분을 받을 것이다.

"좋았어!"

편집장은 신이라도 났는지 손뼉을 탁 쳤다.

"안도, 적당한 전문가를 찾아서 코멘트를 받아와. 기사는 유사한 사건과 관련지어 쓰고. 평일 오전에 전철 운영을 중단케 한 사건이야. 화제성 그만 아닌가."

"알겠습니다."

안도는 편집장의 재촉에 서둘러 자기 책상으로 향했다. 책상에 쌓인 서류를 밀쳐내고 컴퓨터를 켰다. 그리고 다시 한번 문제의 동영상을 확인했다.

틀림없었다.

몇 번을 봐도 그 소년이 틀림없었다. 안도가 아는 소년이다.

왜 이런 바보짓을 한 거야?

내키지 않지만, 편집장에게 보고하지 않을 수 없었다.

의자에서 일어서는 순간, 편집부 전화벨이 울렸다.

전화를 받은 동료의 목소리에 다급함이 묻어났다. 수화기를 내려놓자마자 그가 외쳤다.

"신주쿠 역에서 폭발음이 있었다고 합니다!"

고바야시는 신속하게 대응했다.

안도가 사건을 담당하게 되었다. 사건 규모를 고려해서 조수가 한 명 붙었다.

막 입사한 신입기자 아라카와라는 남자다. 그의 현재 담당은 연예계지만, 평소에는 주로 선배 기자의 심부름을 한다. 기자는 담당한 전문 분야에 따라 개성이 드러난다. 연예 전문 기자는 활달하고 얘기하는 걸 좋아하는 경우가 많다. 아라카와가 그 전형이다. 머리가 길고 젊은 기자. 취업활동 중인 대학생으로 보일만한 외모다.

편집부에서 나오자 안도는 아라카와의 등을 툭툭 쳤다.

"안 그래도 소년 범죄는 골치 아파. 정신 똑바로 차리라고."

안도의 도발에 아라카와는 불만스럽게 말했다.

"이거 정말 소년범죄 맞나요?"

"뭐라는 거야?"

"아직 폭파 규모는 모르지만, 그렇게 어린아이가 폭탄을 만들 수 있냐, 그 말이죠. 미성년자를 시켜서 폭파를 예고했을 뿐, 배후가 따로 있을지도 모르잖아요."

"과산화 아세톤을 사용한 전례가 있어."

"그게 뭔데요?"

아라카와가 되물었다.

"'악마의 어머니'라는 요란한 별명이 붙어 있지. 프랑스에서 실제로 테러에 사용되었던 폭탄이야. 관리하기는 어렵지만 제조 자체는 아주 간단해."

"그럼, 열다섯 살 소년도 만들 수 있다는 건가요?"

"열아홉 살 소년이 제조한 전례가 있어. 그러니 열다섯 살도 만들 수 있을지 모르지."

인터넷에서 검색하면 제조법은 바로 알 수 있다. 게다가 재료도 쉽게 구할 수 있다.

물론 제조하는 것과 실제로 폭탄을 터뜨리는 것은 전혀 다른 얘기다. 폭파를 시도하려면 운반과 기폭장치 등, 보다 세밀한 기술이 필요하다.

그런데 실제로 사건을 일으키다니, 꿈에도 몰랐다.

"그리고 배후가 있을 가능성에 대해서는 뭐라 말하기 어려워."

안도가 말했다.

"왜요?"

"내가 그 소년을 알거든."

안도는 그를 떠올렸다.

"와타나베 아쓰토. 어른스럽고 눈빛도 온화하고, 범죄조직과는 거리가 먼 아이야."

그래서 더욱이 혼란스러웠다.

그가 테러리스트로 변모하기까지, 대체 무슨 일이 있었던 것인가?

안도는 바로 사건 전모를 알게 되었다.

평일 오전 8시 17분, 신주쿠 역에서 폭파 사건이 발생했다.

중앙선 플랫폼에 놓인 여행 가방이 폭발한 것이다. 현장은 폭파로 인해 움푹 파여 있었다. 사발 모양으로 함몰된 현장 사진이 폭탄의 위력을 말해주는 자료로 제일 먼저 보도되었다.

와타나베 아쓰토의 테러는 전국을 뒤흔들었다.

2

나는 '목소리'를 보고 있다.

지금은 거의 일과가 되었다.

캄캄한 장소에서 살며시 휴대전화를 켜고 어떤 기사를 검색한다.

뉴스 사이트에는 무수한 댓글이 이어진다. 더러운 욕설과 따뜻한 위로의 말. 대체로 사건에 대한 분노를 터뜨린 글이 많다.

무수한 '목소리'다. 나는 한 줄 한 줄 빠트리지 않고 읽는다.

그 기사의 댓글을 읽는 동안 나는 왼손으로 두 가지 물건을 만지작거린다. 스노드롭 카드와 식칼이다. 카드 속에는 스노드롭 압화가 보존되어 있다. 식칼은 오래 사용해 손때가 묻어 있다.

휴대전화의 전원을 끄면 나는 다시 어둠에 갇힌다.

눈앞에는 그저 캄캄한 어둠이 펼쳐질 뿐이다.

그러나 귀에는 조금 전에 본 '목소리'의 잔향이 남아 있다.

이 작업을 끝내야 나는 비로소 평온해진다.

……

눈 쌓인 길에 한 소녀가 서 있었다.

추운 동네였다. 11월 하순인데 눈이 내렸다. 벌써 며칠 전부터 내렸는지, 치운 눈이 길가에 높이 쌓여 있었다. 도쿄라면 도시 전체가 혼란에 빠질만한 강설량인데, 이곳은 지금도 계속 내리고 있다. 잿빛 구름이 햇빛을 가려 너무 춥다. 바깥에만 있어도 동사할 것 같다.

나는 그런 동네에 있었다.

그리고 한 소녀를 발견했다.

그녀는 우산도 쓰지 않은 채 내리는 눈 속에 서 있었다.

고등학생일까? 아마 중학생일 것이다. 두꺼운 코트 속에 입은 남색 치마가 언뜻언뜻 보인다. 교복이리라.

그녀는 도로 옆에 서서 밭을 보고 있다. 이렇게 눈이 내리는데 뭐라도 자라고 있는 걸까?

그녀는 대체 뭘 하고 있는 걸까?

그녀 머리에 눈이 쌓여 있다. 그녀도 나를 본 듯하다. 눈길이 마주쳤다.

나는 놀랐다. 어디선가 본 적 있는 얼굴이었다.

단정하게 생긴 얼굴, 오른쪽 눈 밑에 점이 있는 탓인지 가련한 인상을 풍긴다. 가지런히 자른 단발머리 때문에 작은 얼굴이 더 작아 보이는 탓도 있을 것이다. 얼굴은 작은데 눈이 커서, 짙은 인상을 남긴다.

말을 걸까 말까 망설인다. 그러다 바로 결론을 내렸다.

계속해서 움직일 것.

"이런 데서 뭐 하는 거야?"

내가 물었다.

"감기 걸리겠네."

"저……."

갑자기 말을 걸어서 당황한 듯하다. 살며시 눈을 내리깐다.

"뭘 잃어버려서."

"잃어버렸다고?"

"혹시, 지갑 못 봤어요?"

소녀는 양손 집게손가락으로 지갑 크기를 보여주었다. 보통 장지갑이다.

"못 봤는데. 마지막 본 게 언제인데?"

"저기 있는 자동판매기에서 코코아를 살 때는 있었는데……."

눈을 찡그렸다. 백 미터 정도 앞에 자동판매기가 보였다.

"그럼 여기 오는 동안에 떨어뜨렸을지도 모르겠다. 찾는 거, 도와줄까?"

"미안해서 안 되죠."

"하긴, 누가 훔쳐 갔을지도 모르는 거니까."

"괜찮아요. 여기에서 자동판매기 사이는 찾아봤는데 없었어요."

"그렇구나……."

그녀는 나와 얘기하면서 포기한 듯했다.

"이제 집에 가볼게요. 신경 써줘서 고마워요."

그녀는 머리를 숙이고 돌아섰다. 걸음을 내딛고 가는 길에 생각났다는 듯이 우산을 펼쳤다. 그녀 양어깨에도 눈이 쌓여 있었다.

내가 이다음 해야 할 행동은 정해져 있었다.

계속해서 움직이는 것.

두 시간 후에 지갑을 찾았다.

누가 슬쩍 한 듯했다. 자동판매기에서 꽤 먼 곳에 떨어져 있었다.

지갑에 학생증이 들어 있었다.

아즈사. 그녀 이름과 집 주소가 적혀 있었다.

그녀 집은 역에서 그리 멀지 않았다.

집의 분위기가 적막했다. 마당 화단에는 풀 한 포기 돋아 있지 않았다. 화분에도 흙이 담겨 있지 않다.

화단 옆을 지나 현관문 앞에 섰다. 벨을 누르자 아즈사가 얼굴을 내밀었다.

"이거, 맞아?"

나는 지갑을 내밀었다.

그녀는 눈을 동그랗게 뜨고 나와 지갑을 번갈아 보았다.

"이렇게 눈이 오는데, 계속 찾아다녔어요?"

아즈사가 하늘을 올려다보며 물었다.

"시간이 있어서."

"이 동네 사람, 아니죠?"

"응. 집은 도쿄 쪽. 그냥 관광 중이야."

"그냥 관광객인데 두 시간이나 지갑을 찾아다녔어요?"

"관광객은 대체로 시간이 남아도니까."

내가 생각해도 어이없는 핑계였다. 하지만 다른 말은 떠오르지 않았다.

아즈사가 이해가 잘 안된다는 표정으로 나를 쳐다보더니, 조그맣게 소리를 질렀다.

"앗! 미안해요. 고맙다는 인사도 안 하고……. 정말 고맙습니다."

그러고는 집에 들어와 잠시 몸을 녹이고 가라고 했다.

지갑 하나 찾아 주었을 뿐인데 염치없는 거 아닌가 싶었지만, 추위를 못 이긴 나는 그녀 말을 따르기로 했다. 손이 뻣뻣하다. 눈 내리는 하늘 아래를 계속 걸어 다녔기 때문이다.

운동화를 벗고 있는데, 아즈사가 물었다.

"혹시, 나랑 비슷한 나이 아니에요?"

"나는 열다섯 살."

"그럼, 같네. 존댓말은 안 써도 되려나?"

"좋아. 나도 아즈사에게 존댓말 안 쓰는데 뭐."

"이름은?"

잠시 망설이다가 사실대로 전했다.

"와타나베 아쓰토."

"그럼, 아쓰토라고 부르면 되겠네."

그녀가 중얼거렸다.

"그냥 이름으로?"

내가 되묻자 그녀가 대답했다.

"싫어? 아쓰토도 나를 그냥 이름으로 불렀잖아. 그래서."

듣고 보니 그렇다. 스스로 의식하지 못하고 있었다.

"몰랐어?"

아즈사가 웃으면서 물었다.

"응. 전혀 몰랐어."

나도 웃으면서 대답했다.

이렇게 나는 아즈사라는 소녀를 만났다.

아즈사네 가족은 꽃을 아주 좋아하는 것 같았다.

복도 벽에 꽃 사진과 포스터가 가득했다. 거의 벽을 뒤덮고 있어, 벽지나 다름없었다. 꽃의 종류도 다양했다. 히비스커스, 장미, 나팔꽃, 카사블랑카, 백합, 수국, 벚꽃, 베고니아 등등, 일관성이 없다. 새 것도 있고 누리끼리하게 색이 바란 것도 있어, 한꺼번에 붙이지는 않은 듯했다. 사진과 포스터의 숫자가 점차 늘어난 것이리라.

아즈사가 데리고 간 다다미방에도 사진이 가득 붙어 있었다. 꽃이 아무리 예뻐도, 다다미방에 서양 꽃 사진이 그리 어울리지는 않았다.

손발을 고타쓰(일본에서 쓰이는 난방기구, 탁상난로-옮긴이)에 밀어 넣었다. 천천히 다리를 뻗자, 따스한 기운이 온몸에 퍼졌다. 이렇게 얼어 있었구나, 내 몸.

아즈사의 엄마는 부엌에 있는 것 같았다.

"누구야?"

"내 지갑을 찾아다 주었어."

둘의 대화가 들린다. 수상히 여기는 기색은 없다.

아즈사 엄마가 부엌에서 나와 다다미방으로 왔다. 아즈사와 닮은 호리호리한 여자였다.

"배가 고프지 않나 모르겠네. 뭘 좀 만들어줄게."

사근사근하고 착해 보이는 사람이다. 엄마가 다시 부엌으로 돌아갔다.

아즈사는 엄마 뒷모습을 보면서 부끄러운 듯 웃었다.

"부담되려나? 엄마가 걷어붙이고 나서서. 음식 솜씨도 없으면서."

"엄마랑 둘이 사니? 외동인가 보구나."

"오빠가 있기는 해. 하지만 한동안 집에 오지 않아서."

아즈사가 나를 마주하고 앉았다.

"앗!"

그녀가 짧게 말하고는 고타쓰에 놓인 노트를 얼른 잡아당겼다.

노트에는 조금도 신경을 쓰지 않았는데, 노골적으로 숨기니 오히려 신경이 쓰였다.

"뭔데, 그거?"

아즈사가 노트를 껴안았다.

"일기. 보면 안 돼."

"손으로 썼구나. 일기 앱도 있는 세상에."

"앱에다 쓰면 누군가에게 보여줄 때 불편하잖아."

일기를 누구에게 보여준다고?

궁금했지만, 굳이 묻지 않았다. 일기 얘기는 하고 싶지 않을 것 같다.

아즈사도 화제를 바꾸고 싶었는지 불쑥 물었다.

"아쓰토는 꽃에 관심 없어?"

"꽃?"

"근처에 강력 추천하는 공원이 있는데. 저녁 먹고 안내해 줄게. 지갑 찾아준 보답으로."

지갑을 찾아 주었을 뿐인데, 생각보다 환대를 받고 말

았다.

하지만 나쁘지 않을 듯하다. 알겠다는 뜻으로 고개를 끄덕였다.

저녁을 먹은 다음 우리는 밖으로 나갔다.

아즈사가 말한 대로 바로 근처에 공원이 있었다. 넓은 부지에 갖가지 꽃이 피어 있고, 조명이 원내를 환히 비추고 있었다. 파르스름한 전구 빛과 꽃이라니, 묘한 조합이다. 그런데도 인공물과 자연이 조화롭게 어우러져 있다. LED 조명의 빛을 반사하는 눈까지 더해져, 탄식이 나올 정도로 풍경이 아름다웠다.

그녀는 꽃에 대해 잘 아는 듯했다. 하나하나, 꼼꼼하게 설명해 준다. 집에 꽃 사진을 붙이는 것도 그녀의 취미인 것 같다.

겨울에 피는 꽃이 이렇게 많은 줄 몰랐다. 팬지와 시클라멘. 이름은 들은 적 있지만, 실제로 보기는 처음이다. 눈 속에서도 견딜 수 있는 모양이다.

공원을 쭉 돌다가, 어느 화단 앞에서 걸음을 멈췄다.

나는 화단 앞에 설치된 간판을 읽었다.

"스노, 드롭……."

이 꽃은 아직 피지 않은 듯하다.

무거운 눈을 떨어내듯 조그맣고 가녀린 잎이 돋아 있다.

눈을 헤치고, 힘차게.

"좋아해, 이 꽃?"

아즈사가 물었다.

나는 고개를 저었다.

"좋아하는 건 아니야."

그녀는 화단 앞에 쪼그려 앉았다. 손가락으로 살며시 이파리를 건드린다.

"그렇구나. 나도 별로 좋아하지 않아. 좀 불길한 전설도 있고. 연인의 시신에 이 꽃을 바치자, 시신이 꽃이 되었다네. 어떤 지방에서는 죽음의 상징으로 여긴데."

죽음의 상징. 스산한 말이다. 기분이 가라앉았다.

"이 꽃을 동생에게 받았어. 생일 선물로."

아즈사가 헉, 하면서 눈을 부릅떴다.

"미안해. 이상한 말 해서."

"신경 쓸 거 없어. 나도 좀 봐도 되니?"

"아직 꽃이 피지 않았는데?"

그녀가 이상하다는 듯이 물었다.

"응. 동생이 준 꽃은 벌써 다 말라버려서."

옆에 벤치가 있어서 앉았다. 앞에 스노드롭을 소개하는 글귀가 보였다. 개화시기와 원산지 등의 정보가 쓰여 있다.

'메이지 시대에 관상용으로 수입되었다'는 한 줄이 눈에 띄었다.

"어? 우리나라에서는 자생하지 않나?"

"원산지가 유럽이라고 쓰여 있는데. 자생한다는 말도 들은 적이 없어."

아즈사가 말했다.

어떤 의문이 머리를 스쳤다. 그러나 지금은 생각하지 않기로 한다.

"그렇구나, 몰랐네."

그런 말로 상황을 얼버무렸다.

말없이 쳐다보기만 한다. 지붕이 있지만, 그래도 야외다. 춥다. 주머니에 손을 쑤셔 넣고 스노드롭 화단을 계속 쳐다보았다.

아름다운 공원 안에서, 이곳만 유난히 적막했다. LED 전구의 빛도 눈도, 피지 않은 꽃과 함께하니 애수에 젖어 보인다. 하지만 나는 눈을 뗄 수 없었다. 하늘을 올려다보니

달도 떠 있다. 분위기 있다. 몇 시간이라도 여기 있을 수 있을 것 같다.

스노드롭은 눈 속에서 가만히 봄을 기다린다.

옆에 앉은 그녀도 아무 말 하지 않았다.

"춥지 않니?"

오랜 시간 함께 있게 한 미안함에 말을 걸었다.

"아니. 아직 피지 않은 꽃을 보는 것도 나쁘지 않네."

"우리, 누가 보면 사귀는 사이로 여길지도 모르겠다."

"뭐 어때. 보름달만 달이 아니고, 활짝 핀 꽃만 꽃은 아니라는 옛말도 있는데."

"쓰레즈레구사(14세기 초엽에 쓰인 일본 3대 수필 중 하나-옮긴이)였나?"

그 구절은 인상에 남아 있다.

"겐코 법사(쓰레즈레구사의 작자로 추정되는 인물 – 옮긴이)."

내가 말하자, 아즈사는 흥미롭다는 듯이 집게손가락을 세우며 말했다.

"응, 맞아 맞아."

고전을 좋아하는 또래가 있을 줄은 몰랐다. 우리는 고전문학에 대해 한참을 얘기했다. 아즈사가 꽃을 좋아하는 것도 쓰레즈레구사의 영향인 듯싶다. 그 기분은 안다. 고전을 읽고 나면 왠지 꽃과 달을 바라보고 싶어지니까.

"혹시 우리, 좀 비슷한지도 모르겠네."

아즈사가 정말 그렇다는 듯이 말했다.

"그럴지도 모르지."

일단은 동의했다.

우리는 아주 오래도록 피지 않은 꽃을 바라보았다.

마지막 전철 시간이 다가왔다. 슬슬 돌아가야 한다.

나는 벤치에서 일어났다.

그녀가 역까지 바래다주었다. 가는 길에는 두서없는 얘기를 나눴다. 학생들이 모이면 보통 하는 얘기다. 학교와 동아리 활동에 대해서. 그리고 진로에 대해서.

헤어질 때, 나는 연락처를 주고받자고 제안했다.

아즈사의 눈이 순간적으로 휘둥그레졌다. 그러다 이내 고개를 끄덕인다.

나는 그녀에게 SNS 계정을 알려 주었다. 그녀는 휴대전화에 내 계정을 타닥타닥 느리게 등록했다. 익숙하지 않은 것일까.

"나, 누구랑 연락처 주고받는 거 몇 년 만이라서."

그녀가 변명했다.

"에, 정말?"

나는 웃으면서 물었다. 아즈사는 쑥스러운 듯 손으로 얼굴을 가렸다.

"부끄럽지만, 정말이야. 그래서 흥분한 바람에 말이 많아졌어. 귀찮지 않았니?"

나는 아니라고 고개를 저었다.

아즈사는 사람들과 별 교류가 없는 듯하다.

"그럼, 우리 친구 할까? 메시지 보낼게."

그렇게 말해 보았다.

어린아이도 아닌데, 굳이 친구가 되자고 얘기하는 것도 이상할까.

어색한가 싶었지만, 아즈사는 또 쑥스러운 표정으로 말했다.

"실은 나, 좀 감동했나 봐."

그녀는 수줍어하면서 사근사근한 미소를 띠고 다시 말했다.

"연락 줘, 아쓰토."

내심 안도했다. 적어도 나를 의심하는 눈치는 없었다.

계속 연기를 해 왔는데, 거의 한계에 이르렀다.

……

나는 거짓말을 했다.

나는 벌써 몇 번이나 이 동네를 찾았다. 아즈사의 얼굴 역시 진즉부터 알고 있다. 그녀 주소도 이름도 기억하고 있다. 다만, 오늘 처음 말을 걸었을 뿐이다. 그녀와 같은 학년인 척했지만 나는 고등학생이다. 나이는 열다섯 살이지만, 학년이 다르다.

몇 번이나 위태로운 순간이 있었다.

스노드롭이 죽음의 상징이라고 가르쳐 주었을 때는, 하마터면 화를 낼 뻔했다. 미유에게 받은 꽃을 그렇게 말하다니. 우리, 좀 비슷한지도 모르겠다, 그런 무심한 말도 용서할 수 없었다. 나와 그녀는 정반대 지점에 있다. 모욕에 가까운 말이다.

감정을 꾹꾹 억누르고 겉으로 드러나지 않게 애쓴다.

나는 해야 할 일이 있다.

계속해서 움직이는 것.

……

아즈사와 헤어진 다음, 바로 알았다.

너무 지쳤다. 머리가 묵직하고 지끈거린다. 다리에 힘이 들어가지 않는다.

거짓말을 계속한다는 건 마음이 소모되는 일이다. 웃을 수밖에 없다.

정말 아슬아슬했다. 더 이상 아즈사와 같이 있으면 머리가 어떻게 될 것 같았다. 갑자기 소리를 버럭버럭 지르면서 난동을 부렸을지도 모른다.

내가 지내는 동네로 돌아가 늘 가는 장소로 향했다.

아직 누가 사들이지 않은 땅. 그곳에는 손질을 하지 않아 뒤죽박죽 자란 나무와 텅 빈 공간이 있다. 1년 전까지는 집이 있었지만 불타 없어졌다. 숨을 들이쉬자 매캐한 냄새가 났다. 아직도 숯 냄새가 남아 있는 것일까.

땅에 주저앉아 나무에 기댄다. 울타리가 가로등 빛을 막아주었다. 이웃집에서 비치는 불빛은 나무가 가려주었다. 아무것도 보이지 않는 캄캄한 공간이다.

어둠에 싸인다.

"계속해서 움직이는 거야…… 움직이는 수밖에 없어."

몇 번이나 중얼거린다.

몇 번이나, 몇 번이나. 계속 움직여야 한다고.

내 말에 대꾸해 주는 사람은 이미 어디에도 없다.

여동생 미유는 이제 없다.

지금의 나는 올바른 행동을 하고 있다. 확신한다.

겨우겨우 그 가족에게 다가가게 되었다. 겨우겨우.

내가 내 삶의 모두를 잃은 것처럼, 그 사람들의 모든 것을 파괴할 것이다.

나는 주머니에서 카드 한 장을 꺼냈다. 마른 스노드롭 꽃을 간직한 카드다.

그 카드를 두 손에 쥐고 나는 기도를 올렸다.

계속해서 움직이는 것. 내가 지금 의지할 수 있는 것은 이 말밖에 없다.

금방이라도 무너질 듯한 마음을 다잡고 필사적으로 매달려 있다. 배어 나오리만큼 온 힘을 짜내서.

나는 계속해서 움직인다.

까맣게 물든 이 깊은 어둠 속에서도.

3

신주쿠 거리가 혼란에 빠졌다.

모두가 장난이라고 여겼던 와타나베 아쓰토의 폭파 선언을 이제는 믿지 않을 수 없는 상황이다. 피해자는 얼마나 될까? 설치된 폭탄이 또 있을까? 와타나베 아쓰토는 뭘 노리는 것인가? 그가 인터넷에 올린 동영상은 온 나라 사람들의 주목을 모았다. 재생수가 점점 늘어나고 있다.

와타나베 아쓰토가 신주쿠 역의 어느 장소라고 구체적으로 지정하지 않은 것도 혼란의 한 원인이었다.

신주쿠 역, 오다큐 신주쿠 역, 게이오 신주쿠 역, 세이부 신주쿠 역, 게다가 지하철까지 포함하면 신주쿠라는 이름이 붙는 역이 몇 개나 된다. 그 역을 경유하는 모든 전철의 운행이 중단되었다. 폭발 시간이 평일 아침이라서 몇 백만에 이르는 사람들의 발목을 잡았다.

역 구내는 순식간에 출입이 규제되었다.

폭발에서 한 시간 후의 상황이다.

정보가 오락가락해서 진위 여부를 알 수 없는 뉴스가 SNS를 통해 퍼져나갔다. 이슬람 과격파, 신흥종교, 세계 평화를 위협하는 국가, 정치 단체, 생각할 수 있는 모든 가능성이 거론되었다.

실행범으로 간주되는 '와타나베 아쓰토'를 특정하는 작업도 진행되었다. 그러나 개인에 대한 기본 정보는 본인이 이미 밝혔다. 그가 밝힌 정보가 틀림없는 사실이라고 확인되었을 뿐이다.

피를 흘리며 구급차에 실리는 남자 모습이 인터넷상에 나돌았다. 부상자는 있지만, 아직 사망자가 나왔다는 보도는 없다.

폭발에서 한 시간 후, 안도의 휴대전화가 울렸다.

안도가 전화를 걸었다가 받지 않아 메시지를 남긴 여자였다. 이제야 왔군. 안도는 속으로 투덜거렸다. 그녀는 지금 전국에서 가장 바쁜 조직의 일원이다. 하지만 바쁜데 연락했다고 싫은 소리까지 들을 이유는 없었다.

"와타나베 아쓰토를 안다는 게 사실이야?"

그녀가 다급하게 물었다.

"어, 얘기하지. 대신, 네가 아는 정보를 알려줘야겠어."

"전화로 얘기할 수 있는 내용은 한계가 있지."

"수사 1과도 정신이 없겠군."

신타니는 경찰 수사 1과의 경관이다.

안도와 신타니는 대학에서 같이 공부했다. 피차 정의감에 불타는 성격이라 의기투합했다. 졸업한 다음에도 은밀하게 정보를 주고받는 일이 잦았다. 안도가 주로 소년범죄를 다루게 된 후로는 그럴 기회가 줄었지만, 흉악한 사건이 발생했을 때는 반드시 접촉하는 상대였다.

"어차피 정보는 많지 않아. 오늘 중에 수사본부가 설치될 거야. 폭발이 발생한 곳은 신주쿠 역 중앙선 플랫폼. 거기 놓여 있던 여행 가방이 폭발했어. 의심 가는 물품을 조사하던 철도 경찰대원이 부상을 당했고. 지금 얘기할 수 있는 건, 이 정도야."

"CCTV 영상은?"

"현재 수사 중. 바로 결과가 나오겠지만."

"영상을 업로드한 경로를 역추적할 수는 없어?"

"접속 경로 누출을 차단하는 소프트웨어를 사용해서 어려워."

역시 직접 만나 얘기를 들었어야 했나?

신타니가 말해 준 정보는 곧바로 보도될 내용뿐이었다. 그러면서 와타나베 아쓰토에 대한 정보를 달라고 조른다. 안도는 자기만 일방적으로 새로운 정보를 제공하는 꼴이라고 느끼면서 와타나베 아쓰토에 대해 설명했다.

안도는 와타나베 아쓰토를 소년범죄 피해자 모임에서 만났다.

폭파 예고로부터 8개월 전인 지난 5월이다.

이 모임에는 주로 소년범죄의 피해자나 소년범죄에 관심이 있는 어른, 또는 법학부 학생이 참석한다. 청소년은 별로 없다. 그런 모임에 혼자 나타난 고등학생이 있었다. 안도는 그 학생에게 관심을 갖게 되었다.

그의 표정은 슬픔에 젖어 있었다. 잠도 잘 자지 않는지 눈 밑이 거뭇거뭇했다.

안도가 말을 걸자, 와타나베 아쓰토는 자신의 사연을 얘기해 주었다.

그 사연은 이랬다.

와타나베 아쓰토의 부모는 그가 다섯 살 때 교통사고로 사망했다. 그는 자신의 처지를 비관하지 않고, 할머니와 여동생과 셋이 긍정적으로 살아왔다. 와타나베 아쓰토는 겸손하게 말했지만, 얘기를 들어 보니 부모님이 없는 환경에서도 밝고 건강하게 자란 듯했다. 중학교 3학년 때는 현이 주최하는 육상경기의 100미터 달리기 종목에서 입상하기도 했다. 그리고 도내에 있는 명문 고등학교에 합격했다.

그는 자신이 여동생의 아빠이며 엄마여야 한다는 사명감이 있었다. 그리고 동생에게 모범이 될 수 있는 소년으로 성장했다.

그런데 갑작스러운 화재로 모든 것을 잃었다.

와타나베 아쓰토가 열다섯 살이 되던 생일 밤, 추운 2월이었다.

한밤중에 치솟은 불길은 그의 가족을 삼켜버렸다.

그는 여동생과 할머니를 한꺼번에 잃었다.

화재 사건 후, 도미타 히이로라는 소년이 체포되었다. 범행 당시 만 열세 살 10개월.

그날 밤, 그는 와타나베의 집 뒤에서 담배를 피웠다. 그가 던진 담배꽁초가 화재로 이어진 듯했다.

가족을 잃은 와타나베 아쓰토는 며칠 후 아동보호 시설로 가게 되었다.

비극에 몸부림치는 아쓰토를 매스컴이 가만두지 않았다. 소년법의 보호를 받는 가해자 소년과 가족을 잃은 피해자 소년, 세상이 흥미로워할 만한 구도다. 와타나베 남매의 외모가 수려한 것도 좋은 화젯거리였다.

미모의 남매를 덮친 비극이란 저속한 제목이 주간지 표지를 장식했다. 마치 연속 드라마처럼 그에 관한 특집이 이어졌다.

호기심에 찬 시선을 견딜 수 없어 와타나베 아쓰토는 학교를 그만두었다.

슬픔을 조금이나마 덜기 위해 그는 말 상대를 찾아 소년범죄 피해자 모임을 찾았다.

"그 모임에 와타나베 아쓰토가 마지막으로 참석한 게 언제야?"

신타니가 물었다.

안도는 늘 참석하는 사람에게 확인한 후였다.

"넉 달 전이야. 지금 그때 상황을 알아보려고 해."

"그럼 새로운 정보가 들어오는 대로 가르쳐 줘."

신타니는 일방적으로 전화를 끊었다.

그건 오히려 안도가 하고 싶은 말이다.

통화가 끝나자, 옆에서 아라카와가 말했다.

"정말 가혹하네요, 아쓰토 군의 인생."

"'군'은 빼."

안도와 신타니의 대화를 옆에서 들은 아라카와는 와타나베 아쓰토가 새삼스레 안쓰러워 가슴이 메는지 눈물까지 글썽이는 듯 보였다.

"철저하게 조사를 해야겠죠. 반드시 부득이한 사정이 있을 겁니다."

아라카와가 말했다.

조사를 시작하기도 전에 와타나베 아쓰토 편을 들고 있다. 안도가 와타나베 아쓰토의 처지를 얘기해 준 뒤로 아라카와는 완전히 옹호파가 되고 말았다.

"개인적인 감정을 개입시켜서는 안 되지."

안도가 충고했다.

"그런데, 괜찮은가요? 아쓰토 군을 마지막 만난 사람을 경찰에게 알리지 않아도."

아라카와가 그렇게 걱정하는 것은 이해가 갔다.

사건의 해결만 생각하면, 안도는 알고 있는 정보를 모두 경찰에 넘기는 게 옳다. 그러나 안도는 기자이지 국가 공무원이 아니다. 정보를 언제 경찰에 알릴지는 안도 스스로 결정할 일이다.

"우리도 장사치나 다름없잖아. 취재가 끝난 후에 알릴 거야."

안도는 택시를 잡아타고 가는 곳을 알렸다.

취재 대상이 지정한 장소는 의원회관과 그리 멀지 않은 곳이었다.

"용케 약속을 잡았네요."

아라카와가 뭔가 수상하다는 듯이 말했다.

"만나줄 수밖에 없지. 멋대로 기사를 써대면 곤란할 테니까."

바로 10분 전에 입수한 정보가 떠오른다.

안도는 소년범죄 피해자 모임에 자주 참석하는 한 남자에게 전화를 걸어, 와타나베 아쓰토를 마지막 봤을 때 상황을 물었다. 그런데 전혀 생각지 못한 얘기를 들었다.

"넉 달 전 모임이 끝난 직후에 아쓰토가 히즈 의원에게 고함을 질렀어."

안도는 신음이 절로 나왔다.

그 착한 소년이 타인에게 고함을 지르는 광경은 상상이

되지 않았다.

그것도 국회의원에게.

구단시타 한 모퉁이에서 기다리고 있자니, 바로 앞에 대형 RV차량이 멈춰 섰다.

히즈 의원이 뒷좌석에 앉아 있다. 안도와 아라카와가 올라타려고 하자, 비서가 가방과 전자기기를 맡겠다고 했다. 녹음을 허용하지 않겠다는 뜻이다.

안도가 히즈 옆에 앉자 차는 바로 출발했다.

"적당히 차를 몰라고 할 테니, 차 안에서 얘기하죠."

히즈가 설명했다.

차창을 확인했다. 매직미러인 듯하다. 사람들의 눈을 피하려는 것이다.

"솔직하게 묻겠습니다."

히즈가 먼저 물었다.

"안도 씨는 이제부터 내가 하는 말을 기사로 쓸 계획인가요?"

"그러면 곤란한가요?"

"당연하죠. '사건 발생 전에 테러리스트가 히즈 의원을 격렬하게 비난했다'는 따위의 기사가 주간지에 실리면, 매스컴이 어떤 반응을 보일지 불 보듯 뻔한 거 아닙니까?"

옳은 말이다.

그래서 바쁘기 그지없는 히즈가 직접 안도를 만나려 했을 것이다.

와타나베 아쓰토와 히즈의 관계가 화제에 올라서는 절대 안 된다. 허접한 스캔들이 나돌까 봐 경계하는 것이 분명하다.

"근거 없는 내용을 기사에 쓰지 않도록, 부탁드리죠."

히즈가 못 박았다.

"네, 그러죠."

물론 안도는 그럴 마음이 없다.

"취재의 목적은 발행 부수를 늘이고 음모론으로 세상을 떠들썩하게 하는 것이 아닙니다. 어디까지나 진실 규명이죠."

그러니 와타나베 아쓰토의 행방과 테러의 목적에 대해서 얘기해야 한다.

안도가 말을 꺼냈다.

"가르쳐 주시죠. 넉 달 전, 소년범죄 피해자 모임이 끝난 후에 와타나베 아쓰토가 히즈 의원에게 고함을 지르는 장면을 목격했다는 정보가 있는데요. 와타나베 아쓰토가 왜 그렇게 화를 낸 겁니까?"

"소년법 때문이죠."

히즈가 바로 대답했다.

"정확히 말하면, 가해자를 세상에 활보하게 놔두는 소년법을 만든 정치가의 책임이겠죠. 그는 그 점을 용납할 수 없었던 겁니다. 그의 처지에 대해서는 들었어요. 그가 분노하는 것도 충분히 이해합니다. 가족을 빼앗아 간 소년이 결과적으로 국가의 보호를 받게 되었으니 말이죠."

안도의 입에서 한숨이 흘러나왔다.

예상했던 내용이었다. 와타나베 아쓰토의 입장에서는 당연한 일일 수도 있다.

"그렇죠."

뒤에서 목소리가 들렸다. 제일 뒷자리에 앉은 아라카와였다.

"아쓰토 군이 분노하는 건 당연한 일입니다. 사람의 목숨을 빼앗았는데, 가해자가 소년도 어른도 아니잖아요. 소년법에 불만이 있는 국민이 아주 많습니다. 그런데 왜 폐지하는 방향으로 가지 않는지 모르겠습니다."

갑자기 무슨 소리를 지껄이는 거야, 저 인간.

지금은 취재 중이다. 그런 자기감정을 터뜨려서는 안 된다.

히즈는 씁쓸하게 웃었다. 대화가 중간에 끊겼는데도 개의치 않는 눈치였다.

"그렇죠. 아라카와 씨 기분은 충분히 이해합니다. 나도 몇 번이나 분노를 느꼈으니까요."

취재 대상이 기자를 신경 쓰게 해서 어쩌자는 건지.

안도는 고개를 돌려 아라카와를 노려보았다.

"이봐, 아라카와. 단도직입적으로 말해서 그건 세계 공통의 룰이야. 국제 인권 규약과 아동 권리 조약에 소년법은 의무로 규정되어 있다고. 18세 미만의 사형 역시 금지되어 있고. 현대 국가에는 아동을 보호할 책임이 있어. 그런 걸 가지고 트집을 잡는 건 무모한 짓이지."

안도의 설명에 이어 히즈가 말했다.

"소년 범죄의 경우, 가정이나 성장 과정에 문제가 있는 사례도 많으니까요. 성인과 똑같은 처분을 내리면, 비행소년이 재차 범죄를 저지르는 결과를 낳기도 합니다. 그래서 소년법에 의거해 교화와 갱생 교육을 할 필요가 있는 것이죠. 폐지는 현실적이지 않아요."

현실적이지 않다 뿐인가, 불가능하다. 국제 인권 규약을 무시하는 행위를 국가에 기대하는 자체가 난센스다. 소년법은 선진국 어디에나 있는 법률이다.

안도는 일일이 설명하게 하지 말라는 뜻을 담아 아라카와를 다시 한번 노려보았다.

그러나 아라카와는 물러서지 않았다. 계속 추궁하려 한다. 수첩을 꽉 쥐고 히즈를 쳐다보고 있다.

"그런데 말이죠, 히즈 의원님. 소년법에 의혹을 품는 목소리도 많습니다."

아라카와가 계속 물고 늘어졌다.

"사형까지는 아니더라도, 엄벌에 처해야 한다 이 말이죠."

"소년법은 몇 번이나 개정되었어요."

히즈가 냉철하게 대답했다.

"그것도 엄벌에 처하는 방향으로."

아라카와가 고개를 내저었다.

"아니죠, 그 정도로는 국민이 아직 수긍하지 못합니다. 왜 대폭적인 개정을 하지 못하는 겁니까?"

"아라카와, 적당히 해. 그런 논쟁을 하자는 게 아니잖아."

안도가 소리를 지르며 얼른 신입 기자를 제지했다.

저 인간, 제정신이야.

대학 강의실에서 토론을 벌이고 있는 게 아니다. 와타나베 아쓰토 사건을 잊은 것인가.

"히즈 의원님, 죄송합니다."

안도가 머리를 숙였다.

"아까 하던 말씀을 계속해 주시죠."

"아닙니다. 오히려 말이 잘 나왔어요."

히즈가 싱글거리며 말했다.

"공교롭게도 아라카와 씨가 한 말이 와타나베 아쓰토가 했던 말과 똑같습니다. 그와 나눈 대화를 재현한 것이나 다름없어요."

안도는 어이가 없었지만, 취재 상대가 그렇게 주장하니 받아들일 수밖에 없었다.

실제로 아라카와가 아는 지식은 열다섯 살 소년과 비슷한 수준이다. 재현하는 인물로는 적합할지도 모르겠다.

때는 이때라는 듯이 히즈가 열변을 토했다.

"엄벌에 처하는 방향으로 소년법을 개정하는 것을 저해하는 가장 큰 원인은 딱 하나, 소년범죄 사건의 감소입니다."

정확하게는 검거인원의 감소가 아닐까.

단순히 저출산의 문제가 아니다. 인구비로 봐서도 소년범죄는 점차 줄고 있다.

"소년법의 목적은 재범 방지, 미연의 방지이죠. 그리고 일정 효과를 보고 있습니다. 짐승의 짓이라고밖에 할 수 없는 잔인한 사건도 때로 발생하지만, 전체적인 숫자는 해마다 줄고 있으니까요. 현행법을 적용해도 범죄가 감소경향에 있다면, 국가는 개정에 미온적일 수밖에 없지요."

즉 소년법을 개정하려면 합당한 이유가 있어야 한다는 말이다. 반면 엄벌에 처해서 소년범죄를 줄여야 한다는 주장에는 설득력이 없다.

엄벌은 교화를 방해하고 재범을 증가시키는 위험이 따른다. 그런 위험을 겪지 않아도 소년범죄가 감소하고 있는 현황에서 안이하게 엄벌하는 쪽으로 법 개정을 추진할 이유가 없다.

"피해자의 감정에 대한 배려는 개정의 이유가 못 된다는 뜻인가요?"

아라카와의 목소리에 더욱 분노가 실렸다.

"그렇다면 어디 물어봅시다. 법을 개정해서 가해자를 엄벌에 처하면, 피해자의 감정이 어느 정도 해소될까요?"

히즈는 코를 벌렁거리며 여유를 보였다.

"아니 그게, 어느 정도라고는 분명하게 말할 수 없죠. 숫자로 말할 수 있는 게 아니잖습니까?"

아라카와가 횡설수설했다.

"그렇다면, 엄벌이 아닌 방법으로는 피해자의 감정을 구제할 수 없다는 근거는?"

"감정을 얘기하고 있는데 근거라니……?"

가혹한 질문이다. 대답이 나올 리가 없다.

"심하군요. 만약 히즈 의원님이 피해자의 입장이라면, 수긍할 수 있겠습니까?"

"없죠. 그러나, 그렇다고, 나 개인의 감정으로 법률의 옳고 그름을 판가름하는 것도 옳지 않지요."

아라카와의 표정이 분노로 일그러졌다.

"이제 그만하라니까."

안도가 다시 한번 제지했다.

"자네 주장이 옳지 않다는 게 아니야. 중요한 관점이지. 하지만 논의의 장에서 감정론은 힘을 발휘하지 못해."

피해자의 감정은 고려하지 않아도 된다고 대놓고 말하는 사람은 없을 것이다. 그러나 피해자의 감정은 엄벌이 아닌 방법으로 구제하면 된다고 주장하면 반박하기가 어렵다. '이러저러해서 반드시 엄벌이 아니면 피해자의 억울함은 해소되지 않는다.'하는 구체적인 근거를 제시하지 않는 이상, 토론의 장에서는 가볍게 여겨진다. TV의 토론 프로그램에서도 '가령 엄벌은 가능하지 않더라도, 범죄 피해자를 위해 법 개정은 필요하다'는 어중간한 멘트로 토론이 마무리되기 일쑤다.

피해자의 감정만 강조해서는 소년법은 개정되지 않는다. 그래서 소년법 개정이 어려운 것이다.

"최근 들어 피해자의 감정을 존중하자는 움직임은 있지만, 그에 합당한 법 개정은 아직 요원한 것이 실상입니다."

히즈가 느긋하게 말을 보충했다.

안도는 취재를 이어갔다.

"그래서 히즈 의원님은 와타나베 아쓰토에게 설명했겠군요. 소년법에 대해서."

"네. 현행법으로는 아쓰토 군이 원하는 엄벌이 어려울 것이라고 말했죠."

"그래서 그는 뭐라고 하던가요?"

"그럼, 피해자는 어떻게 해야 하느냐고 물었습니다."

그 절박한 호소에 가슴이 아프다.

소년범죄 현장에서 자주 듣는 말이다.

엄벌이 내리지 않으면, 피해자의 감정을 어떻게 해야 위로할 수 있을까?

히즈는 다소 수심에 찬 표정으로 대답했다.

"나는, 반드시 법을 개정하겠다고 약속했어요."

그다음 와타나베 아쓰토는 히즈에게 자신의 무례함에 대해 용서를 구하고 돌아간 듯하다. 하지만 절대 그 말을 믿는 표정은 아니었다고 한다.

안도가 마지막으로 물었다.

"정리하면, 와타나베 아쓰토가 테러를 암시하는 언행은 보이지 않았고, 소년법에 대한 불만과 분노를 의원님에게 쏟아놓았다, 그뿐이군요. 아라카와처럼."

히즈가 살랑살랑 고개를 저었다.

"조금 다르군요."

"어떤 부분이죠?"

"아라카와 씨처럼, 이라고 할 만큼 용감하지 않았어요. 와타나베 아쓰토는 내내 몸을 떨고 있었습니다. 있는 용기를 모두 쥐어 짜냈겠죠."

그럴만하다.

와타나베 아쓰토는 지금 열다섯 살의 소년이다. 아무리 감정이 격해졌어도 국회의원을 상대로 대담하게 논쟁하려면 상당한 배짱이 필요하다.

"무서운데도 말하지 않을 수 없었던 거군요."

아라카와가 중얼거렸다.

아쉽지만 폭탄 테러에 관한 구체적인 정보는 없었다.

와타나베 아쓰토가 겪고 있는 슬픔을 또 한 번 인식했을 뿐이었다.

차에서 내리자, 안도는 아라카와의 등을 세게 쳤다.

"자네 와타나베 아쓰토를 심하게 동정하는군. 그렇게 감정적인 발언을 해서 어쩌자는 거야."

신입 기자여도 그렇지, 취재에 임하는 태도가 형편없다. 안도는 손가락으로 미간을 꾹 눌렀다.

애당초 히즈는 엄벌에 처하자는 주의다. 아라카와는 화낼 상대를 잘못 골랐다.

"죄송합니다."

아라카와가 머리를 푹 숙였다.

"하지만 아쓰토 군의 처지가 너무 불쌍해서."

동의하는 감정을 표시하는 대신 한숨을 쉬었다.

소년범죄 현장에 익숙한 안도도 여전히 현실에 분노하는 순간이 있다.

이렇듯 많은 국민의 원성을 사고 있는 법률도 달리 없을 것이다.

"그렇다면 어디 와타나베 아쓰토의 입장에서 말해 봐.

자네라면 어떻게 하겠어? 가족을 빼앗아 간 소년을 벌할 수 없는 현 상황을 국가가 만든 것이라면?"

불쑥 떠오른 질문을 던졌더니, 아라카와는 주먹을 꽉 쥐고 힘주어 대답했다.

"국가에 기대하지 않고, 복수를 생각할 겁니다. 직접 가해자를 처벌할 거예요."

"하긴, 그러고 싶겠지."

격분한 아라카와를 본 탓인지, 분노에 몸서리를 치는 와타나베 아쓰토의 표정이 머리를 스쳤다. 착하고 얌전했던 소년이 복수의 화신으로 변모한 모습이다.

그는 아직 열다섯 살이다. 감정이 이끄는 대로 행동해도 이상하지 않을 나이다.

"도미타 히이로를 취재할 방법을 찾아보자고. 아쓰토는 국회의원에게 고함을 지를 만큼 분노를 터뜨렸어. 어쩌면 벌써 가해자와 접촉했을지도 모르지."

이대로 와타나베 아쓰토의 과거를 추적하는 것이 옳을 듯하다. 하지만 그가 지내는 시설이나 학교를 찾아가 봐야 취재에 응해줄 것 같지 않다.

아무튼 바로 행동에 나설 필요가 있었다.

안도는 와타나베 아쓰토 체포를 낙관할 수 없었다. 체포는 지연될 우려가 있다. 미성년이라도 휴대전화 등 위치 추적이 가능한 전자기기를 버리고 CCTV만 조심하면 2, 3일 정도는 피해 다닐 수 있다.

문제는 그동안에 와타나베 아쓰토가 또 무슨 짓을 벌일 수도 있다는 것이다.

새로운 사건이 발생할 가능성, 불길한 예감을 지울 수 없었다.

안도의 예감은 그날 밤 현실이 되었다.

와타나베 아쓰토가 두 번째 범행을 예고한 것이다.

인터넷에 올라온 동영상은 첫 번째 영상과 마찬가지로 와타나베 아쓰토가 카메라를 향하고 중얼거리는 모습이다.

"테러를 계속합니다. 내가 체포될 때까지, 반드시."

10초 정도에 영상은 끝났다.

이번에는 범행 장소와 시간에 대한 시사도 없었다.

이 동영상은 곧장 뉴스로 보도되었다.

혼란이 급격하게 퍼져나갔다.

4

아즈사와 자주 통화하는 사이가 되었다.

나는 중학교 3학년이라는 설정을 계속 지켜나갔다. 실제로는 고등학생이지만, 중학생인 편이 아즈사도 친근감을 더 느낄 것이다. 이 작전은 성공적이었다. 중학교 3학년의 12월은 고등학교 입시가 임박한 시기다. 공부와 입시에 대한 불안, 학교 선정 등 화제는 얼마든지 있다.

아즈사는 학교에서 친하게 지내는 친구가 없는 듯했다.

내게는 거리낌 없이 얘기할 수 있어서 고맙다고 몇 번이나 말했다.

"반 아이들은 모두 공부하느라 정신이 없어. 그래서 이렇게 편하게 얘기할 수 있다는 게 얼마나 고마운지 몰라."

그 말이 진심이라는 것은 목소리의 톤으로 알 수 있다.

그녀가 마음을 열어주면, 나도 얘기하기 쉽다.

그녀가 꽃에 빠진 이유, 쓰레즈레구사에서 좋아하는 글귀, 다케토리 이야기(9세기 후반에서 10세기 전반에 성립되었을 것으로 추정되는 일본에서 가장 오래된 이야기로 빛나는 대나무에서 태어난 여자아이, 가구야희메 이야기다 – 옮긴이)의 마지막 장면(가구야희메는 선녀옷을 입고 달나라로 돌아간다 – 옮긴이), 얘깃거리가 끊이지 않았다. 대화가 무르익으면, 아즈사에게 관심 있는 척하기도 쉬웠다.

그래서 그녀 가족에 대해서도 자연스럽게 물을 수 있었다.

"네 오빠는 뭐 하는 사람이야?"

그녀는 얼버무리듯 애매하게 대답했다.

"음, 글쎄, 뭘 하고 있을까?"

"동생이 그것도 몰라? 사회인이야?"

농담처럼 슬쩍 다시 물어보았다.

"뭐라고 대답하면 좋으려나. 우리 오빠, 연락이 안 돼."

"실종되었다는 거야? 행방불명?"

다시 묻자 아즈사는 말을 흐렸다.

"음, 그냥, 여러 가지 사정이 좀 있어."

"그렇구나."

알쏭달쏭한 대답에 나는 복잡한 사정이 있나 보구나, 하는 연기를 했다.

"미안하다. 대답하기 어려운 걸 물어서."

내가 사과하자, 아즈사도 똑같이 사과했다.

"아니야, 나야말로 미안하지."

긴 침묵이 흘렀다.

타이밍을 가늠하면서 나는 다정하게 말했다.

"물론 네가 말하고 싶지 않으면 안 해도 돼. 그런데 만약 털어놓고 싶다면, 언제든 들어줄게. 학교 친구들에게는 얘기할 수 없을 테니까."

속이 부글거리는 대사다. 너무 창피해서 불쾌해진다.

그런데 아즈사는 그 말을 흘려듣지 않았다.

"그러네. 너는 잘 들어줄 것 같아."

"응, 언제든."

"좀 생각해 볼게. 이제 공부해야 하니까, 또 통화하자."

아즈사는 천진하게 대답했다. 조금도 경계하지 않는 눈치다.

통화를 끝내자, 히죽 웃음이 나왔다.

역시 그녀는 나의 정체를 눈치채지 못했다.
아무것도 모르고 있다.
자기 오빠가 내게 무슨 짓을 했는지.
내가 겪고 있는 이 고통도, 그녀는 전혀 모른다.

……

나는 사진 하나를 바라본다.
동생 미유가 깔깔 웃고 있다. 내가 팔을 쭉 뻗어 찍은 셀카 사진에서 미유는 할머니와 어깨를 맞대고 웃고 있다.
열다섯 살을 맞은 생일.
매일 바라보는 사진인데, 요즘은 볼 때마다 가슴이 술렁거린다.
미유는 내게 생일 선물을 주면서 분명히 이렇게 말했다.
"이 꽃, 그 산에서 찾은 거야."
그 산은 사유지일 텐데 싶어 식은땀이 흘렀기 때문에 똑똑히 기억한다. 미유는 송이송이 핀 스노드롭을 산에서 발견했다고 자랑했다. 그녀 신발에 흙도 묻어 있어, 그 말을 의심하지 않았다.
그런데 스노드롭은 우리나라에서는 자생하지 않는다고

한다.

미유가 내게 거짓말을 한 걸까? 왜, 뭐 때문에? 미유는 용돈이 적은데, 스노드롭을 어디서 구했을까?

“아쓰토, 뭘 그렇게 보고 있어?”

갑자기 목소리가 들려 얼굴을 들었다. 룸메이트 중 한 명이었다. 지금 내가 지내는 보호 시설은 한 방을 셋이 사용한다. 그가 이죽거렸다.

“요즘, 휴대전화 보면서 몰래 누구랑 얘기하던데. 여친이야?”

“미안하지만, 말하고 싶지 않아.”

거절하면서 일어섰다.

“지난번에도 말했지만, 내가 휴대전화 보고 있을 때는 말 걸지 마.”

룸메이트가 불만스럽다는 듯이 눈살을 찌푸린다.

이 시설에 들어온 지 반년이 넘었는데 아직도 적응하지 못하고 있다. 직원은 내 집이라 여기고 편히 지내라고 했지만, 그 느긋함과 온화함은 나의 짜증을 부추길 뿐이었다.

내 집은, 여기가 아니다.

할머니와 미유와 따스한 미소로 함께 지냈던 그 집뿐

이다.

룸메이트가 노골적으로 불만을 터뜨렸다.

좋은 뜻으로 말을 걸었는지도 모른다고 마음을 고쳐먹고, 사과를 담아 말했다.

"나를 그냥 내버려 두는 게 좋을 거야. 아마 그럴 거라는 얘기지만."

결코 나쁜 장소는 아니다. 하지만 혼자일 수 있는 공간이 필요했다.

매일 뛰고 있다.

육상을 했던 중학 시절부터 습관적으로 뛰고 있다. 일반 고등학교에 다닐 때도 육상부였다. 뛰기를 싫어하지 않는다. 싫어하기는커녕 하루 이상 뛰지 않으면 왠지 기분이 뒤숭숭해진다.

다리를 번쩍 들어 앞으로 내밀고, 발이 땅에 닿는 충격을 느끼고는 또 다리를 앞으로 내민다. 울리는 발소리는 심장 소리와 어우러져 일정한 리듬을 새긴다. 그 일련의 흐름이 좋았다.

아쉽지만 지금 내가 다니는 학교에 운동부는 없다. 현장 수업이 거의 없는 방송통신고다. 학생이 1년에 네 번밖에 가지 않는 학교에는 운동부가 없다.

혼자서 다마 강가를 따라 뛴다.

뛰는 동안에는 무심해질 수 있다. 강을 보고, 바람의 흐름을 느끼고, 그저 다리를 움직이면 된다.

저만치에서 한 무리의 고등학생이 이쪽으로 뛰어왔다. 잘 모르는 고등학교의 축구부인 듯하다. 운동복에 고교 이름이 찍혀 있다. 구호를 외치며 서로의 기운을 북돋고 있다. 표정에 피곤함이 어려 있었지만, 농담을 하며 웃는 얼굴도 있었다.

나는 그들의 표정을 보지 않으려고 고개를 숙인다. 나도 모르게 생긴 버릇이다.

서로 웃으며 떠드는 그들의 모습이 눈부셔서 견딜 수가 없다. 나는 잃어버린 시간이다. 다시 말해서, 질투다.

더 빨리 뛰었다.

도중에 리듬이 깨지면 쉬 지친다. 호흡과 동작의 사이클이 흐트러지면 단숨에 피로감이 몰려온다. 풍경을 감상할 여유 따위는 없다.

다리가 꼬이는 듯해서 멈춰 섰다.

처음에 예정했던 거리의 절반 지점이다. 지금까지 없던 기록이다.

숨을 고르면서 다마 강가를 걷기 시작했다.

한참 걷다 보니 한 여자가 서 있었다. 너저분한 다운 코트를 걸친 중년 여자이다.

"아쓰토 군, 오랜만이네."

여자가 살며시 손을 흔들었다.

무시하고 그녀 옆을 그냥 지나간다.

그녀는 주간지 기자였다. 내 뒤를 쫓아다니는 귀찮은 여자.

"아쓰토 군, 잠깐이면 되니까 얘기 좀 할 수 있을까?"

"할 얘기 없어요."

그런데도 그녀는 내 옆에 딱 달라붙어 쫓아온다.

다시 뛰고 싶은데, 숨을 아직 고르지 못했다.

"당신 기사 때문에 내 생활이 엉망진창이 되었다고요."

그렇게 말하면서 기자를 흘겨보았다.

"사람들이 나를 얼마나 천박한 시선으로 쳐다보는지, 당신이 알기나 해요?"

지난 4월, 딱 한 번 그녀 취재에 응한 적이 있다. 사건의 슬픔을 터뜨리고 싶었던 나는 아무 생각 없이 취재를 승낙했다. 할머니가 얼마나 인자하시고, 동생이 얼마나 장래성이 넘치는 아이였는지를 역설하고, 갑자기 찾아온 이 불행이 너무 불합리하다고 호소했다.

그런데 기사 내용은 저속하기 짝이 없었다.

아름다운 남매를 덮친 비극 – 그런 제목이었다.

지면 대부분이 사건의 상세한 내용이 아니라 우리 남매의 외모와 교우 관계로 채워져 있었다. 남매 둘은 세상이 부러워할 만큼 외모가 뛰어났으며 이성에게도 인기가 있었던 듯하다는 둥 사건과는 전혀 관계없는 정보였다.

미유의 외모에 대해 양해 없이 쓴 것만 해도 불쾌한데, 거기서 끝이 아니었다. 기자는 어이없게도 한 마디 말없이 미유의 사진까지 실었다.

기사는 나를 궁지로 내몰았다. 선배와 동급생들이 호기심 가득한 눈으로 나를 쳐다보았다. 낯선 사람이 위로의 말을 던졌다. 바늘방석에 앉은 듯한 상황이 계속되어 더는 견딜 수 없었다.

"몇 달 전에 학교를 옮겼다면서?"

여기자는 헉헉거리면서도 끈질기게 따라왔다.

"괴롭힘이라도 당한 거야? 사정을 좀 자세히 가르쳐 주면 좋겠는데."

허접한 상상 갖다 붙이지 마.

"당신이 쓴 기사 때문이라고. 두 번 다시 찾아오지 마."

나는 짧게 대답했다.

호흡이 진정되자, 다시 뛰기 시작했다.

조금씩 속도를 올린다.

기자는 필사적으로 내 옆을 쫓아왔다.

"아쓰토 군, 이건 소년범죄의 참상을 세상에 알리기 위해 필요한 일이야. 인터뷰에 응하지 않으면, 나는 억측으로 기사를 쓸 수밖에 없다고. 그건 싫잖아?"

나는 돌아서서 외쳤다.

"멋대로 해!"

"원망을 하려거든 가해자에게 해야지."

그녀도 소리를 질렀다.

아아, 불쾌하다.

나는 또 속도를 올렸다.

왜 뛰는 것 하나 평화롭게 할 수 없는 것인가. 가족을 잃은 인간을 더욱 괴롭히는 짓거리만 하고.

나는 귀에 이어폰을 끼고 볼륨을 올렸다. 귀가 터져나갈 정도로 소리가 커지자 겨우 바깥세상의 소리가 차단되었다.

이 코스는 두 번 다시 사용할 수 없다.

나는 기자를 완전히 따돌린 다음 어느 장소로 향했다.

가족과 함께 지냈던 집이 있던 곳이다. 건물은 불타 없어졌지만, 땅은 그대로 남아 있다.

나는 거의 매일 이곳에 온다.

마당 한구석에 쭈그리고 앉는다. 멋대로 자란 나무가 빛을 가려 캄캄했다. 노을빛조차 비치지 않는다.

눈에 보이는 모든 것이 까맣게 물든 공간. 그곳에서 나는 겨우 한숨 돌린다.

휴대전화를 꺼냈다. 마음이 어지러울 때면 늘 확인하는 사이트가 있다.

도미타 히이로 사건에 대한 각 뉴스의 댓글.

'소년법은 벌이 지나치게 약하다! 즉각 철폐하라!'

'가해자를 보호할 게 아니라 피해자 가족을 보호하라!'

'가해자는 사회적으로 매장해야 한다.'

'사람의 목숨을 앗아갔는데, 소년법 따위는 관계없다.'

'가해자의 부모에게 책임을 물어라!'

'사람을 죽였는데 아무 벌도 받지 않다니, 말이 안 된다.'

'범죄자는 모두 사형에 처해야 한다.'

모두 한 번은 훑어본 댓글이다.

기사가 인터넷에 올라올 때마다 댓글을 죽 훑었다. 내용은 마음에 들지 않았지만, 말은 고마웠다. 욕설에 가까운 말이라도, 찢겨나갈 듯한 이 마음을 충분히 다잡아 주었다. 하루 종일 뉴스만 돌려 보면서 지낸 적도 있다.

불행의 나락에 떨어진 나를 응원해 주는 목소리다.

모두가 나를 위해 화를 내주었다. 나를 동정해 주었다.

그 문장 하나하나가 나를 움직이고 있다.

그 여기자의 기사는 인정하지 않지만, 내게 목소리를 전해준 점에는 감사한다.

덧붙여, 이 말에는 동의해도 좋다.

"원망을 하려거든 가해자에게 해야지."

계속해서 움직이는 것.

모든 것을 빼앗겨 더는 잃을 게 없는 나는 행동을 멈추지 않는다.

괜찮다, 나를 응원해 주는 사람들이 이렇게 많다.

복수에 반드시 필요한 정보가 있다. 그 정보를 아즈사에게 얻어내야 한다.

다행히 계획은 순조롭게 진행되고 있다.

그녀는 나를 신뢰하고 있다. 알고 지낸 기간은 짧지만, 그녀와 매일 통화하고 있다. 마음 놓고 얘기할 수 있는 친구 정도로 생각하고 있을 것이다.

다음 날도 나는 전화를 걸었다.

아즈사가 이내 전화를 받았다.

마치 내 전화를 애타게 기다렸던 것처럼. 상당히 반가운 일이다. 잠시 잡담을 나눈 후에, 그녀가 말을 꺼냈다.

"저, 있지. 전에 오빠에 대해서 물었잖아?"

나는 최대한 다정한 목소리로 대답했다.

"응."

"역시, 안 되겠어. 미안해, 얘기해 줄 것처럼 말해서. 너는 좀 답답하겠지만, 오빠 얘기는 도저히 못 하겠어."

뭐라 말이 안 나왔다.

아즈사는 털끝만큼도 모를 것이다. 내가 얼마나 실망했는지. 버럭 소리라도 지르고 싶은데, 바지를 부여잡고 꾹 참았다.

아즈사가 알아차리지 못하게 차분하게 말한다.

"얘기하고 싶지 않으면 안 해도 돼."

현실을 받아들이자.

아즈사의 신뢰를 얻었다고 여겼는데, 오빠 얘기는 절대

하지 않는다. 그렇다면 이대로 사이좋게 지내봐야 원하는 정보를 캐낼 수 없을지도 모른다.

그러나 절망할 필요는 없다. 다른 방법도 있다.

다소 거칠어질 뿐이다. 거칠어진다고 뭐 어떠랴.

계속해서 움직이는 것.

“그런데, 다음 일요일에 우리 또 만날까?”

나는 밝은 목소리로 물었다. 마치 화제를 돌리듯이.

이유는 근처에 볼 일이 생겼다고 적당히 둘러댔다.

“정말? 그럼 만나야지. 만나자.”

아즈사의 목소리도 밝아졌다.

“음, 그날 무슨 일 없나 모르겠네.”

잠시 말이 없다가 그녀가 다시 말했다.

“아, 안 되겠네. 전에 내가 말했었나? 나, 그날, 일정이 있어. 학교에서 입시 설명회가 있거든.”

이미 알고 있다.

하지만 처음 듣는 척한다.

“그래? 그래서 언제 끝나는데?”

“5시나 되어야 집에 갈 수 있을 거야. 너무 늦지?”

“5시에 온다는 거지? 괜찮아, 갈게.”

일부러 시간을 확인하고는, 미심쩍어하지 않도록 넌지

시 그녀 엄마의 일정을 물었다. 그리고 각오를 다졌다.

5시까지 그녀 집에는 아즈사의 엄마밖에 없다.

다음 일요일에 대비해 준비를 시작했다.

시설에서 지내는 사람들이 모두 잠든 때, 나는 조리실로 갔다. 조리도구가 있는 장소는 잘 알고 있다.

"계속해서 움직이는 것. 움직이는 것."

나는 중얼거린다.

나는 조리실에서 상자 하나를 열었다. 할머니의 유품이다. 불타 사라진 집에서 발견한 것이다. 동생이 준 스노드롭처럼, 가족의 유품으로 지금의 내게 이만큼 어울리는 것은 없다.

상자 안에는 할머니가 즐겨 사용했던 식칼이 들어 있다.

나는 숫돌에 그 칼을 간다.

그릇된 짓이 아니다. 결과에 대한 올바른 벌을 내리는 것이다. 훌륭한 행위다. 수없는 '목소리'가 내게 그렇게 가르쳐 주었다. 죄에는 벌을. 어른이든 어린아이든 상관없다.

나는 옳다. 왜냐하면, 나 자신에게 내려질 벌 또한 사형

이어야 한다고 생각하기 때문이다.

나는 죽어도 상관없다.

"계속해서 움직이는 것. 계속해서 움직이는 것."

나는 몇 번이나 중얼거린다.

다 간 칼에 손끝을 대자 피부가 소리 없이 갈라졌다. 피가 배어 나온다.

손끝을 쳐다보고 있는 동안에도 피는 계속 배어 나왔다.

준비는 끝났다. 이제 이 칼을 그들에게 들이대는 일만 남았다.

걱정 없다. 나는 할 수 있다.

5

폭탄 테러가 발생했던 밤, 예상치 못한 뉴스가 보도되었다.

사망자는 없는 듯했다. 병원으로 이송된 부상자는 생명에 지장이 없었다. 폭탄이 설치된 곳은 아무도 없는 플랫폼, 부상자는 의심되는 물건을 수색하던 철도 경찰대원 뿐이었다.

안도는 아라카와와 함께 편집부에서 뉴스를 확인했다.

사망자가 없다니 반가웠지만, 의문점도 있었다.

"다시 생각해 보니, 아무래도 이상하군요. 만약 사망자가 생기기를 원했다면 사전에 폭파 예고를 할 필요가 없잖아요. 와타나베 아쓰토 군의 목적은 살육이 아니라, 다른 것 같습니다."

아라카와가 계속 '군'을 붙여 와타나베 아쓰토를 말하는데도 안도는 나무라지 않았다. 그 나름의 신조일지도 모른다고 포기한 것이다.

안도는 젤리 음료를 마신 다음 말했다.

"와타나베 아쓰토의 목적이 살육이 아니라는 점에는 동의해. 그러나 사망자가 없는 건 우연에 지나지 않아. 경관이 폭사했을 수도 있었다고. 몇 번이나 말하지만, 와타나베 아쓰토를 옹호하지 말라고."

첫 번째 폭파 당시 수많은 회사원들이 제때 직장에 가지 못했다. 국가 차원에서는 경제적인 손실이 클 테고, 주가에도 다소는 영향을 미쳤을 것이다. 역에서 몰려나온 사람들이 거리를 메워 운송회사의 차량과 긴급차량의 운행에 방해가 되었다는 보도도 있었다. 그런 실질적인 피해뿐만 아니라 정신적인 피해도 있다. 두 번째 테러 예고 후에는 무수한 사람들이 불안에 떨었다. 그러니 사망자가 없었다고 해서 용서될 문제가 아니다.

"게다가 와타나베 아쓰토의 행동이 너무 이기적이잖아."

안도가 계속 설명했다.

"이기적이라고요?"

아라카와가 되물었다.

안도는 턱으로 텔레비전 화면을 가리켰다.

"시설 직원은 물론, 은사, 고등학교 친구. 매스컴이 그들을 가만두지 않잖아."

화면에 리포터가 카메라맨을 유도하는 장면이 비쳤다. 그다음 화면에 비친 곳은 와타나베 아쓰토가 과거에 다녔던 고등학교 교문. 모자이크로 처리되었지만, 관심 있는 사람은 바로 알 수 있을 것이다.

"이 정도는 열다섯 살이라도, 아니지 그가 제일 먼저 예상했을 거야. 각오를 단단히 했겠지. 만약 또 테러가 발생한다면, 그때는 사망자가 나올 수도 있어."

지금까지는 사망자가 없었지만, 앞으로도 계속된다면 희생자의 수는 늘어난다.

안도는 적어도 아라카와처럼 와타나베 아쓰토를 옹호할 수는 없었다.

안도는 도미타 히이로의 연락처를 찾기 시작했다.

단서는 8개월 전, 와타나베 아쓰토에게 들은 몇 가지 정보밖에 없었다. 본명과 나이, 대략적인 주소. 그러나 SNS를 통해 아는 사람이나 예전 친구를 찾아낼 가능성은 있다.

가해자의 교우관계를 닥치는 대로 파헤치고 싶지는 않다. 그러나 잡지 기자는 흔히 이용하는 수단이다. 이번만큼은 수단을 가릴 수 없었다.

묵묵히 SNS를 검색하고 있는데, 책상 너머에서 아라카와가 말을 걸었다.

"아쓰토 군이 도미타 히이로를 만날 수는 있는 겁니까?"

"와타나베 아쓰토 말이, 도미타의 아버지가 한 번 모임에 왔었다는군. 그때 합의 교섭을 위해 연락처를 주고받았다고 해."

"그래서 주소는 안다 쳐도, 도미타 히이로는 지금 시설에 있잖아요."

"도미타는 소년원 일반 단기 처분을 받았어. 6개월이 지났으니 아마 나왔겠지."

와타나베 아쓰토가 했던 말을 전했다.

아라카와가 소리를 질렀다.

"아무리 열세 살이라도 그렇지, 겨우 6개월?"

"그 사건의 원인은 방화가 아니라 담배꽁초를 함부로 버린 거였어. 꽁초 때문에 처마 밑에 있던 석유통에 불이 붙어서 단숨에 불길이 퍼진 거지. 고의는 없었다는 판정이었으니까, 오히려 무거운 처분이야. 비행 이력이 있었거나 가정환경과 생활 태도가 나빴는지도 모르지. 보호관찰이 아니었으니 그나마 나은 편 아닌가?"

소년원의 입소 기간은 범죄의 성격보다 소년 본인에게 보호가 필요한지, 그 점을 중시해서 결정한다.

경미한 범죄라도 비행 소년을 맡을 보호자가 없고, 심야에 길거리를 배회하거나 마약을 상습적으로 복용하는 경우에는 소년원에 있는 기간이 길어진다.

"안타깝지만, 소년범죄의 세계에는 흔히 있는 일이야."

더 황당한 경우도 많다. 절대 특별한 사례가 아니다.

"저, 한 가지 물어봐도 될까요?"

뭐야? 하면서 안도가 고개를 들었다.

아라카와는 입을 꾹 다물고 있다가 물었다.

"안도 선배는 왜 소년범죄 전문 기자가 된 거죠?"

"그런 걸 물어서 뭐 하려고?"

"솔직히, 저는 기분이 영 아니거든요. 그런데 선배는 왜 죽어라 이런 사건만 쫓나 해서요."

아라카와가 경박한 말투로 물었다.

뭐야, 이 인간.

안도는 얼굴을 찡그렸다. 범죄를 쫓는 기자들끼리는 웬만큼 친하지 않는 한, 개인 생활을 건드리지 않는다. 범죄 피해 관련자거나 피해 당사자일 가능성이 있기 때문이다.

그런 현실을 눈앞에 있는 신입 기자는 전혀 모르는 듯하다.

안도는 단적으로 설명했다.

"나도 경험이 있기 때문이야."

"소년 범죄의 피해자라는 말인가요?"

아라카와는 무척 놀란 눈치다.

"더 이상 묻지 마. 재미있는 얘기가 아니니까."

그런 말로 아라카와를 떨쳐 내고 안도는 컴퓨터 화면에 집중했다. 그러나 화면 속 정보가 머리에 들어오지 않았다.

이 인간 때문에 가슴 속에 짓눌렸던 감정이 폭발할 것 같았다.

3년 전, 안도는 연인을 빼앗겼다. 열네 살짜리 짐승에게.

……

전에는 안도에게도 연인이 있었다.

이구치 미치코.

대학 시절부터 사귀다가, 안도가 주간지 기자가 된 후에 같이 살기 시작했다. 머잖아 결혼도 계획한 사이였다.

미치코가 일 때문에 지방 출장을 갔을 때 사건이 터졌다.

그녀는 역 앞에서 한 무리의 중학생과 마주쳤다. 한 학생을 집단으로 괴롭히는 현장이었다. 정의감이 강한 그녀는 중학생들에게 주의를 주었다.

그런데 그 말이 한 소년의 기분을 건드린 듯했다.

가해 소년의 이름은 하이타니 유즈루. 당시 열네 살.

현장에서 괴롭힘을 당하고 있던 소년의 증언에 따르면, 하이타니 유즈루는 미치코가 움직일 수 없을 때까지 계속 때렸다고 한다. 미치코는 병원으로 실려 갔지만, 사흘 후 사망했다. 급성 경막외혈종. 사인이 소년의 폭행이라는 것은 명백했다.

가정법원의 심판결과는 소년원 장기 송치였다.

안도는 결과를 도저히 용납할 수 없었다. 미치코를 살해한 소년이 태연하게 살아 있다는 사실을 받아들일 수 없었다.

안도는 기자의 인맥을 활용해 하이타니 유즈루의 그 뒤 소식을 조사했다. 하이타니 유즈루는 소년원에서 나온 후 집을 떠나 슈퍼마켓 종업원으로 일하고 있었다. 다른 종업원들과의 관계를 봐서, 살인 이력을 주위에 숨기고 있는 것이 분명했다.

안도는 모든 것을 기사화했다. 직접적으로 밝히지는 않았지만, 마음만 먹으면 하이타니 유즈루가 일하는 슈퍼마켓과 본인을 특정할 수 있도록 정보를 흘렸다.

복수였다.

하이타니 유즈루는 직장을 그만두고 사라졌다. 그 후에 어떻게 되었는지는 안도도 모른다. 학력도 경력도 없는데 직장까지 잃은 소년이 어떤 인생을 살게 될지는 충분히 상상할 수 있었다.

하지만, 그럼에도 모든 슬픔이 치유되지는 않았다.

그때부터 안도는 소년 사건을 쫓고 있다.

……

늦은 밤까지 SNS를 뒤져, 정보 제공료를 지불한다면 주소를 가르쳐줄 수 있다는 소년을 찾았다. 개인정보를 팔아넘기는 것은 정당하지 않지만, 안도 입장에서는 따끔하게 주의를 줄 수도 없었다. 기프트 쿠폰을 보내고, 사진 한 장을 받았다. 초등학교 때 도미타 히이로에게서 받은 듯한 엽서 연하장이었다. 엽서에 주소가 적혀 있었다.

참 편리한 세상이다. 도미타 히이로의 집을 찾기 위해 일일이 돌아다니는 것보다 훨씬 빠르다.

안도는 그대로 편집부에서 밤을 새고 다음 날 아침, 도미타 히이로의 집으로 향했다.

아라카와는 편집부에 남아 정보 제공자를 상대하고, 실시간으로 새로운 정보를 수집하도록 했다.

택시를 잡아탔는데, 운전사가 말을 걸었다.

"손님, 운이 좋으십니다. 지금 택시 잡기가 엄청 어렵거든요."

"왜죠?"

"소년 폭파 사건 때문에 뉴스에서 난리잖아요. 그 탓에 전철을 안 타고 택시를 이용하는 사람들이 많아요. 자칫하다 폭발 현장에 있게 되면 목숨이 오락가락할 수도 있잖아요. 또 전철이 멈춰서 꼼짝할 수 없을지도 모르고."

안도는 창밖 신주쿠 거리를 바라보았다. 듣고 보니, 자동차도 보행자도 평소보다 많은 듯하다.

와타나베 아쓰토의 영향이 퍼져 나가고 있다.

아침 신문과 텔레비전의 종합 프로그램은 온통 그 사건을 다루느라 여념이 없다. 교육학자, 사회학자, 전 법무교

관 등이 출연해 오늘날의 소년범죄의 경향에 대해 얘기하고 있다.

그러나 그가 체포되었다는 뉴스는 아직 없다.

연하장에 적힌 주소지에 도착했다.

추위가 혹독한 시골이다. 우연이지만, 안도에게도 인연이 있는 동네였다. 이 고장의 실상은 기억하고 있다. 지역산업이 활발하지 않고 고령화가 날로 심해지고 있는, 이 나라 어디에나 있는 고장과 별 다르지 않다.

도미타 히이로가 사는 집은 목조 연립주택의 2층이다. 건물을 올린 지 30년은 지났을 듯 보인다. 벽에 금이 죽죽 나 있다.

안도는 우편함을 들여다보았다.

통신판매 우편이 들어 있다. 받는 사람 이름에 '도미타'라는 글자가 있었다.

벨을 눌렀다. 인기척은 있는데 안에서 좀처럼 사람이 나오지 않았다.

내키지 않았지만 안도는 거의 협박조로 말했다. 나는 기자이며, 이 집에 사는 소년이 과거에 무슨 짓을 저질렀는지 알고 있다고.

집안에서 벽을 발로 퍽 차는 듯한 소리가 들렸다.

이어서 도미타 히이로의 아버지임 직한 남자가 얼굴을 내밀었다. 체격이 큰 남자였다. 환영하는 기색은 없다. 담담하게 안으로 들어오라고 한다.

안도는 현관에 놓인 신발 수를 확인했다. 슬쩍 만져보니 먼지가 일었다.

부엌에 한 소년이 있었다.

식탁 옆에 앉아 안도와 자기 아버지를 쏘아보고 있었다. 그 소년이 도미타 히이로일 것이다.

"어젯밤에 경찰의 참고인 조사는 받았는데요."

도미타 아버지가 말했다.

"아들은 아무것도 모릅니다. 와타나베 아쓰토 사건과는 아무 관계가 없으니 할 말이 없습니다."

경찰도 상당한 인원을 동원해 와타나베 아쓰토가 접촉했을 만한 인물을 조사하고 있을 것이다.

도미타 히이로는 깡마른 아이였다. 아버지를 닮아 키는 큰데 허약해 보였다. 어딘지 모르게 초식동물이 연상되었다. 긴장한 것인지, 고개를 푹 숙이고 있다.

"경찰에 했던 얘기를 다시 해줄 수 있을까?"

"솔직히 말하면, 기사로 쓰지 않을 건가요?"

도미타 히이로가 입을 열었다. 목소리에 기운이 없다.

집중하지 않으면 잘 들리지 않을 정도다.

안심시키기 위해 안도는 고개를 끄덕여 보였다.

"나는 기자이기 전에 인간이야. 네가 나쁜 짓을 하지 않았다면 부당하게 대할 수 없지."

기사화하지 않겠다고는 단언하지 않았다.

도미타 히이로가 제대로 넘어간 듯하다. 안도했다는 듯이 표정이 누그러졌다.

"딱 한 번 와타나베 아쓰토를 만났다고 얘기했어요."

안도는 숨을 삼켰다.

"역시 와타나베 아쓰토가 너를 찾아왔었니?"

도미타 히이로는 침울한 표정으로 고개를 끄덕거렸다.

그럴 가능성도 있다 예상하고 도미타 히이로 취재를 시도했는데, 본인의 입으로 듣고 나니 놀라지 않을 수 없었다.

와타나베 아쓰토는 정말 복수를 위해 움직이고 있는지도 모른다.

"작년 10월이었나, 알지도 못하는 남자가 불쑥 찾아와서 와타나베 아쓰토라고 하더니, 잡목림으로 끌고 가서."

그렇다면 히즈와 소년범죄 피해자 모임에서 대화를 나눈 직후다.

"무슨 얘기를 했지?"

"별 얘기 안 했어요. 내가 사과를 하고, 그냥 거기서 끝이었어요. 와타나베 아쓰토가 생각보다 순순히 돌아갔어요. 그러니까 나는 폭파 사건에 대해서는 아무것도 모른다고요. 정말, 잠깐 얘기를 나눴을 뿐이라서."

그저 몇 마디 대화를 나눴을 뿐이라는 주장이다.

이 자식, 거짓말을 하고 있는 것 같은데.

"정말 그게 다야?"

재삼 확인한다.

"네."

"와타나베 아쓰토가 화를 내지도 않았고?"

도미타 히이로는 말없이 고개만 끄덕였다.

도미타의 아버지도 거들고 나섰다.

"기자 양반, 이제 그만하시지. 아들이 그렇다고 말하잖아. 경찰도 의심하지 않은 내용이라고."

"경찰은 와타나베 아쓰토라는 인물에 대해 잘 모르니 그렇죠."

경찰 입장에서 도미타 히이로는 그저 참고인일 뿐이니 세세하게 캐묻지 않는다.

하지만 9월 중순, 와타나베 아쓰토는 국회의원에게 고함을 지를 만큼 격분했다. 그런데 가해자 앞에서 과연 침착할 수 있었을까.

"거짓말하지 마."

안도가 말했다.

"그렇게 말할 근거라도 있나요?"

갑자기 도미타 히이로가 소리를 질렀다.

그 여유 없는 태도를 보고서 안도는 슬쩍 겁을 주기로 했다.

"잘 들어. 와타나베 아쓰토는 어차피 며칠 내로 체포될 거야. 그는 자신의 성장 과정을 포함해 지금까지의 인생에 대해 모두 진술하게 되겠지. 그러면 너의 거짓말 같은 건, 순식간에 들통나. 너의 거짓 증언 탓에 체포가 지연되고 사망자가 발생했을 경우, 네가 무사할 것 같으냐? 소년원으로 다시 돌아가고 싶어?"

전부 입에서 나오는 대로 지껄인 말이었다. 그러나 효과는 컸다.

도미타 히이로의 이마에서 땀이 배어 나왔다. 그 반응을 보고 안도는 확신했다.

"지금 솔직하게 털어놓으면 내가 아는 경찰에게 좋게 말해줄 수 있어. 어떻게 하는 게 이득인지, 잘 생각해 봐."

안도는 앞에 놓인 녹차를 천천히 마셨다.

열네 살짜리 소년을 궁지로 모는 어른답지 못한 짓이다.

도미타 히이로가 입술을 파르르 떨었다. 그의 땀이 식탁에 떨어졌다.

"저, 정말인가요? 와타나베 아쓰토가 체포되면, 모든 걸 경찰에 털어놓을 거라는 그 말?"

"열다섯 난 소년이 그렇게 오랫동안 도망칠 수 있겠어? 체포는 시간문제야."

"그런……."

"와타나베 아쓰토는 혹독하게 취조를 당할 거야. 네가 전에 경험했던 것과는 비교가 되지 않겠지. 만만하게 보면 안 돼. 나이도 사건 규모도 아예 다르니까. 너에 대해서는 물론, 지금까지 살아온 과정 전부를 진술하게 될 거야."

슬슬 입을 열 타이밍이다.

안도는 목소리를 낮췄다.

"도미타 히이로, 지금이라도 늦지 않았어."

그가 엉엉 울음을 터뜨렸다.

거의 통곡을 하고 있다. 히이로의 아버지도 이제야 알아차린 듯하다. 역시 경찰과 가족에게 말하지 않은 것이 있는 듯하다.

도미타는 10분 정도가 지나서야 겨우 진정하고는, 소맷자락으로 눈물과 콧물을 닦으면서 말했다.

"나, 나는, 바로 1년 전까지만 해도 평범한 중학생이었다고요. 농구부 활동을 했고, 운동 감각도 좋아서 신입 선발전에서 레귤러로 뽑힐 수 있을 것 같아서, 연습할 때 재미도 있었는데, 가끔 너무 힘들 때는 빼먹기도 했지만. 정말 그런 중학생이었다고요. 그런데 편의점 부근에 어정거리면서 계속 놀다가, 불량한 선배 눈에 찍혀서, 그래서."

"나는 그런 말을 듣고 싶은 게 아니야."

구질구질하게 변명을 늘어놓을 것 같아서 안도는 도미타의 말을 잘랐다.

"와타나베 아쓰토는 너를 찾아왔어. 그때 얘기를 하라고."

도미타 히이로는 훌쩍거리면서 더듬더듬 말을 토했다.

"와, 와타나베 아쓰토가 막 화를 내면서, 칼을 들이대고 협박했어요. 나는 살려 달라고 애걸복걸하면서, 있는 그대로 말했어요. 내가 벌인 사건의 진상을."

도미타의 표정이 고통스럽게 일그러졌다.

"진상?"

도미타 히이로 사건은 담배꽁초가 원인이었다.

그런데, 그렇지 않다는 말인가?

"나, 아는 선배들이 하라고 협박해서, 어쩔 수 없었다고요. 그 선배, 사람도 죽인 적 있다고요. 안 하겠다고 하면, 죽일 것 같아서."

도미타 히이로는 그 화재 사건의 진상을 털어놓았다.

모두 선배의 지시를 따른 것이었다. 그는 사건 직전에 근처에 있는 가게에서 담배와 술을 샀다. 가게 사람이 나이를 물으면 안 되니까, 일부러 늙수그레한 여자가 지키는 가게를 골랐다. 그다음 와타나베 집으로 향했다. 와타나베 집 뒤에는 석유통이 있다. 그 뚜껑을 열고 방화. 불길이 활활 번졌을 때 도미타 히이로는 자수를 했다. 그는 경찰 조사에서 필사적으로 자신을 변호했다. "내가 취해서 그만……", "석유통 뚜껑이 처음부터 열려 있었는데, 내던진 담배꽁초가 어쩌다 석유통에 들어가서.", "술이 깬 다음에 바로 자수하려고 했다."는 둥.

안도는 기가 막혔다.

철저하게 소년심판에서 유리한 방법이었다.

우선 미성년자에게 담배와 술을 판 가게의 책임을 묻게 된다. 소년이 술을 마셔 취한 상태에서 우발적으로 저지른 사건이라면 더욱이 그렇다. 게다가 범인이 자수를 하면 교화의 여지가 인정된다는 것도 알고 있었다.

아는 선배라는 놈의 발상은 지극히 악질적이다. 열세 살짜리 소년에게 시키다니. 형사사건으로 성립하지 않는 범행이다. 당연히 검찰은 조사에 나서지 않는다. 도미타 히이로와 와타나베 집의 접점이 없으면, 계획적 범행이라고 의심받는 일도 없을 것이다.

"그 아는 선배라는 사람이 누구지?"

안도가 물었다.

도미타는 바로 대답하지 않았다. 마치 무언가에 겁을 먹은 것처럼.

대답하라고 또 윽박지르자 간신히 입을 열었다.

"하이타니 선배요, 이 동네에서 불량으로 유명합니다. 3년 전에는 사람을 죽인 적도 있고."

이 동네, 불량, 3년 전, 하이타니.

안도는 반사적으로 되물었다.

"혹시, 하이타니 유즈루?"

"맞아요. 하이타니 선배가 협박하면서 시켜서 했을 뿐이에요."

안도는 이 기구한 인연에 거의 넋이 나가고 말았다.

하이타니 유즈루. 연인의 목숨을 앗아 간 남자의 이름을 이 소년에게 듣게 될 줄이야.

취재 중에 동요해서는 안 된다. 있는 힘을 다해 감정을 억눌렀다. 지금 감정을 터뜨려서는 아라카와와 다를 게 없다.

호흡을 가다듬고 물었다.

"하이타니 유즈루가 왜 와타나베 아쓰토의 가족을 노린 거지?"

"몰라요, 그건. 와타나베 아쓰토도 같은 질문을 했는데, 하이타니 선배에게 아무것도 들은 얘기가 없어서. 그러니까 나도 피해자라고요."

"와타나베 아쓰토는, 그 얘기를 듣고 어떤 반응을 보였지?"

"내 멱살을 잡고, 네놈에게 수천만의 배상금을 치르게 하겠다고 소리쳤어요."

민사소송을 말하는 것이다. 와타나베 아쓰토는 당연히 알고 있었을 것이다.

다만, 지금 앞에서 파랗게 질려 있는 소년은 몰랐던 것 같다.

"처음에는 무슨 말인지 잘 몰랐어요. 나는 소년원에서 나오기만 하면 끝인 줄 알았는데. 민사소송이라는 말,

처음 알았어요. 만약 와타나베 아쓰토가 소송을 제기하면, 나는 몇 천만이나 빚을 지게 되는데. 우리 집에는 그런 돈이 없으니까 좀 봐달라고 애걸했는데, 칼을 들이내면서……."

도미타의 목소리가 점차 커졌다.

울먹이는 목소리다.

"나는, 아무것도 몰랐다고요. 하이타니 선배는 열세 살이면 그런 짓을 저질러도 범죄가 안 된다는 것밖에 가르쳐 주지 않았어요. 인터넷에서도 다들 벌이 약하다고, 소년법이 지켜준다고 하고. 미성년자는 죄를 저질러도 나라가 보호해 준다고 했는데, 몇 천만이나 되는 돈을 어떻게 내요! 평생 걸려도 불가능하다고요!"

안도는 히이로 아버지를 보았다. 암담하고 처참한 표정이었다.

집 안에 있는 가구도 호화롭다 할 수 없다. 넉넉하게 사는 것처럼 보이지는 않았다. 그렇게 큰돈을 지불할 능력은 없을 듯하다.

"그런데 와타나베 아쓰토는 평생 걸려서라도 받아내겠다고 했어요. 너무 무서워서 무릎 꿇고 비니까, 그때서야 칼을 내렸어요."

그렇다고 복수를 포기한 것은 절대 아니리라.

그저 화가 나기보다 어이가 없었는지도 모른다.

"그리고……."

히이로가 지금 생각났다는 듯이 말했다.

"아, 집에서 나갈 때, 와타나베 아쓰토가 한 가지 질문을 했어요."

"뭐라고 물었지?"

"만약 민사배상에 대해서 알았다면, 그래도 범행을 저질렀을 거냐고."

"흠, 그래. 그래서 뭐라고 대답했지?"

도미타 히이로는 고개를 절레절레 내저었다.

"알면서는 할 리가 없다고."

그래도 아무튼 너는 범죄를 저질렀잖아. 그렇게 외치고 싶었지만, 꾹 참았다.

"네 대답을 듣고, 와타나베 아쓰토는 어떤 반응을 보였지?"

"……아주 슬픈 표정을 지었어요."

히이로는 작은 목소리로 중얼거렸다.

뭐라 말이 나오지 않았다. 와타나베 아쓰토가 너무도 가엾었다.

"저, 기자님, 한 가지 확인해도 될까요?"

도미타 히이로가 조심스럽게 말했다.

"이제 전부 다 얘기했습니다. 나에 대해서, 기사로 쓰지 않을 거죠? 세상에 알리지 않을 거죠?"

이렇게까지 세상을 모르다니, 불쌍할 정도다.

"보장은 할 수 없어. 테러의 혼란이 점점 확산되고 있는데, 내가 쓰지 않아도, 와타나베 아쓰토의 관계자로 네 실명이 인터넷상에서 거론될 수는 있지."

"하, 하지만, 하이타니 선배가 나쁜 거라고요."

사실의 무게를 더는 견딜 수 없었는지, 도미타 히이로가 또 소리를 질러댔다.

"전부, 하이타니 선배 명령으로 한 일이란 말이에요. 나는 잘못한 거 없어요."

"남 탓하지 마라."

"시끄러워! 이런 죄를 저지르고 어떻게 학교로 다시 돌아가. 농구도 못하고. 빚까지 지고. 최악이라고. 이게 다 하이타니 잘못이야. 내 인생이 엉망진창이 되었잖아. 그 인간이 원흉이라고."

안도가 제지하는데도 도미타 히이로는 주절주절 말을 늘어놓았다. 점차 목소리가 작아지더니, 거의 들리지 않았다.

이 이상은 얘기를 할 수 없을 듯하다. 안도는 일어섰다. 경찰과 기자가 잇달아 찾아와 들쑤신 탓에 도미타 히이로는 상당히 지친 듯 했다. 더 몰아세웠다가 난동이라도 부리면 골치 아프다.

안도는 도미타의 아버지에게 명함을 건네며 말했다.

"또 생각나는 게 있으시면."

집을 나서기 직전, 도미타 히이로를 쳐다보았다.

"전부 하이타니 그 인간 잘못이라고."

아직도 주절거리고 있다. 눈이 퀭했다.

예사롭지 않은 불길함을 띠고 있다. 더 이상은 감당하기 어렵겠다고 판단한 안도는 바로 그 자리를 떴다.

집에서 나오자, 뒤에서 고함치는 소리가 들렸다.

히이로의 아버지가 고함을 지르고 있는 듯하다. 밖에서도 분명하게 들린다.

"너 같은 놈은 자식도 아니다. 배상금도 네 놈이 벌어서 내라. 나는 한 푼도 주지 않을 거다!"

도미타 히이로의 아버지는 당시 푼돈을 가지고 와타나

베 아쓰토에게 합의를 청한 듯하다. 세상 물정 모르는 열다섯 살 소년이라 얕보고, 잘 구슬릴 수 있다고 믿었을 것이다. 와타나베 아쓰토가 민사소송을 제기할 수도 있다는 걸 알고, 제정신이 아닌 듯하다.

혀를 끌끌 찼다.

도미타 부자에게는 말하지 않았지만, 사실 배상금을 지불하지 않는 가해자도 많다. 한 푼도 주지 않은 채 시효가 끝날 때까지 숨어 지낸다. 와타나베 아쓰토는 소년범죄 피해자 모임에 참석하면서 그런 현실을 알았을 것이다.

와타나베 아쓰토를 찾을 수 있는 실마리는 찾았지만, 안도는 기분이 조금도 개운치 않았다.

모든 것이 불쾌했다.

소년범죄에 대한 인식이 부족한 상태에서 무책임하게 정보를 퍼뜨리는 인간도.

조사도 해보지 않고 너무도 쉽게 범죄를 저지른 도미타 히이로도.

배상금을 지불하지 않겠다는 도미타 히이로의 아버지도.

그리고, 그 무엇보다.

"하이타니 유즈루."

그 이름을 중얼거리자, 안도는 몸이 화끈 달아올랐다.

그 이름을 다시 듣게 될 줄은 꿈에도 몰랐다.

마치 무슨 망령 같다. 몇 번이나 떨쳐냈는데도, 안도 앞에서 사라지지 않는다.

자신의 연인을 죽인 남자가 또다시 흉악한 짓을 저질렀다.

다시 한번 혀를 찼다.

점심때쯤, 아라카와에게 연락이 왔다. 새로운 정보가 들어온 모양이다.

뭐야? 하면서 전화를 받자, 아라카와의 다급한 목소리가 들렸다.

“야마노테 선내에서 수상한 물건이 발견되었다고 합니다. 수상한 인물도 체포했대요.”

뉴스 속보가 뜬 듯하다.

야마노테 선 승객이 선반에서 이상한 물건을 발견했다고 한다. 전철은 또 운행이 중단되고 승객들은 일단 피신. 곧바로 경찰이 출동, 수상한 물건을 점검했다.

“흠, 그렇군. 승객들이 몹시 긴장했겠군.”

“체포된 사람이, 아쓰토 군일까요?”

“아니, 그랬다면 뉴스가 바로 떴겠지.”

전 국민이 와타나베 아쓰토가 하루빨리 체포되기를 고대하고 있다. 그를 체포한 거라면 가장 먼저 뉴스에서 보도했을 것이다.

와타나베 아쓰토의 협력자. 또는 모방범일 가능성이 크다.

전자일 수도 있겠군, 하고 안도는 생각했다. 와타나베 아쓰토가 아직 체포되지 않는 상황을 고려하면, 그를 돌봐주는 협력자가 있는지도 모른다. 몸을 숨긴 소년에게 의식주를 제공하는 협력자가.

“내용물이 뭐였어?”

안도가 물었다.

“그건 아직 보도되지 않았어요. 현장에 있던 사람들이 올린 글을 보니까, 온천물 같은 냄새가 났다고 하는데.”

썩은 달걀 냄새. 안도는 이내 짐작이 갔다.

“유화수소로군…….”

그렇다면 또 무차별 테러가 발생할 가능성이 짙다. 유화수소는 유독 가스다. 밀폐된 공간에 유화수소가 방출되면, 사망자가 나올 수도 있다.

이 사건도 와타나베 아쓰토가 예고한 테러일까.

안도는 아라카와에게 와타나베 아쓰토와 도미타 히이로 사이에 있었던 일을 설명했다. 아라카와는 또 와타나베 아쓰토를 동정하고, 도미타 히이로에게는 분노를 드러냈다. 늘 와타나베 아쓰토 편을 드는 그에게 넌더리가 난 안도는 뭐라 대꾸하지 않고 상황을 정리했다.

"어디 정리해 보자고. 와타나베 아쓰토가 복수를 위해 움직인다고 봐도 틀림없겠지. 도미타 히이로를 만난 다음, 하이타니 유즈루의 집으로 갔을 거야. 도미타 히이로에게는 민사소송을 통해서 복수하고, 하이타니 유즈루에게는."

"이번에야말로 사상자가 나올 수도 있겠군요."

안도의 설명에 아라카와가 대답했다.

하이타니 유즈루의 가족에게 아무 일이 없으면 좋겠지만, 그러리란 보장은 없다.

"나는 지금 하이타니 유즈루 집에 가볼 거야. 자네는 최근에 미해결 사건이나 유괴 사건이 없는지 조사해 봐."

전화를 끊고 바로 행동에 들어갔다.

하이타니 유즈루에 관한 정보는 오래전부터 머리에 박혀 있다. 놈은 현재 자기 집에 살지 않는다. 그는 소년원에서 퇴소한 다음 고향을 떠나 보호사의 감독 아래 혼자 생활했다. 그 후에 실종. 집으로 돌아가지 않았다. 지금도 행방을 알 수 없다.

와타나베 아쓰토는 하이타니 유즈루를 만나지 못했을 것이다.

그러나 하이타니 유즈루의 집에는 그의 가족인 어머니와 여동생이 살고 있다.

여동생 이름이 아마 하이타니 아즈사였나, 그럴 것이다.

6

다른 길도 아마, 없지 않을 것이다.

내 휴대전화에는 매일 문자가 온다. 중학교 시절에도 일반 고등학교에 다닐 때도, 친구가 없지 않았다. 사건을 아는 친구들은 나를 염려하며 문자를 보낸다. 괜찮으냐고 걱정하는 친구도 있고, 다음에 또 놀러 가자고 하는 친구도 있다.

그나마 다행이다.

다른 길도 있을 수 있었다.

친구들과 함께 지냈다면 사건의 충격과 상처가 조금씩 치유되었을지도 모른다. 놀러 가서 기분 전환도 하고, 점차 슬픔을 받아들이면서 마음의 상처를 안은 채 미래로 나아갈 수 있었을지도 모른다. 아름다운 청춘 영화처럼. 그 정도는 나도 안다.

하지만 나는 절대 그런 선택은 하고 싶지 않았다.

내게는 사건이 아직 끝나지 않았다.

나는 친구에게 받은 문자에 한 번도 대답을 보내지 않았다.

배려도 기분전환도 필요하지 않다. 나는 내 상처를 잊고 싶지 않다. 삶의 기운을 되찾고 싶은 것이 아니다. 내가 원하는 것은 오직 가족의 상실을 메울 수 있는 대가뿐이다. 그 외에는 아무것도 필요치 않다.

숨이 막힌다. 타인을 배려할 여유가 있는 친구들 자체가.

내가 비뚤어졌다는 것은 자각하고 있다.

그래서 어떻다는 것이냐?

휴대전화에 등록된 친구들 연락처를 하나하나 삭제한다. 단체방에서도 탈퇴한다. 친구들의 연락처는 이제 SNS 계정밖에 모른다. 주소도 전화번호도 메일 주소도 피차 모른다. 이제 SNS 계정마저 삭제하면 두 번 다시 연락할 수단이 없어진다.

안녕, 친구들.

딱 하나, 아즈사의 연락처만 남았다.

지금은 그것 하나로 충분하다.

비석 앞에서 공손히 두 손을 모았다.

영원히 잠든 가족 앞에서 자신의 근황을 보고했다.

"도미타 히이로를 만났어. 식칼로 찔러버릴까 했는데, 미안해……그 녀석 잘못만은 아닌 것 같아. 처벌을 거의 받지 않은 남자가 있어."

나는 손을 내리고, 비석 앞에 놓인 것을 집는다.

할머니가 남긴 식칼과 미유가 준 스노드롭 카드다.

"계속해서 움직이는 것."

나는 또 그렇게 중얼거렸다.

"할머니랑 미유를 죽인 놈들을 파멸시킬 때까지, 나는 행동을 멈추지 않을 거야."

반드시 완수해야 하는 사명이 있다.

필요한 것은 용기뿐이었다.

……

약속한 시간보다 2시간 일찍 아즈사의 집을 찾아갔다.

예상했던 대로 그녀 엄마가 맞아 주었다. 나는 사 들고 간 쇼트케이크를 내밀었다.

"아니, 이런 걸 왜……."

말은 그렇게 하면서도 상대는 기뻐한다. 나를 불신하는 눈치는 없다. 정말 마음이 좋은 사람이다.

거푸 두 번이나 찾아와서 의심하지 않을까 불안했는데, 괜한 걱정이었던 것 같다.

아즈사의 엄마가 나를 집안으로 들여 주었다. 마음 좋은 그녀는 12월의 추운 날에 밖에서 2시간이나 기다리게 하자니 주저되었을 것이다. 고마운 일이다.

방과 창문의 위치는 며칠 전 왔을 때 확인하고 기억했다.

현관에서 집 안으로 들어가는 복도는 문을 닫으면 밖에서 보이지 않는다.

나는 심호흡을 했다. 왼쪽 주머니에 있는 스노드롭 카드를 만지면서 기도한다.

그리고 오른손에 쥐고 있던 식칼을 아즈사의 엄마에게 들이댔다.

"움직이지 마세요. 부탁입니다."

이렇게 불쑥 칼을 들이댈 줄은 꿈에도 몰랐을 것이다.

아즈사의 엄마는 눈을 번쩍 뜨고서 어안이 벙벙한 듯 긴장했다.

"아쓰토, 군?"

그녀 입술이 움직였다.

"다치게 하고 싶지 않습니다. 내 말대로 하세요."

그녀 입술이 희미하게 움직였다.

"왜, 이런……?"

"내가 누군지 단적으로 말하죠. 나는 하이타니 유즈루의 피해자입니다."

그녀는 사정을 이내 파악한 듯했다.

"유즈루가 또……."

그녀가 신음하듯 중얼거렸다. 내 말을 그대로 믿은 듯하다. 엄마조차 자기 아들을 신뢰하지 못하는 것이다.

"당신이 하이타니 유즈루의 엄마가 틀림없나요?"

"……네."

그녀가 고개를 보일 듯 말듯 끄덕였다.

다행이다. 만약 아니라면, 웃어넘길 수 있는 일이 아니다.

"일단 장소를 옮기죠. 찾고 싶은 게 있습니다. 아즈사의 방으로 안내하세요."

아즈사의 엄마는 순순히 내 말을 따랐다.

아즈사의 방은 깨끗하게 정돈되어 있었다. 책상, 침대와 서랍장, 사이드테이블, 마치 모델 룸 같다. 꼭 있어야 할 것만 있다. 특징이 있다면 꽃 그림과 사진 포스터가 벽에 덕지덕지 붙어 있는 것 정도. 아즈사는 꽃을 정말 좋아하는 듯하다.

커튼을 치고 아즈사 엄마와 마주했다.

"하이타니 유즈루가 어디 있는지 알고 싶습니다. 당신은 알고 있나요?"

"아니……유즈루는 실종되었어요. 연락이 되지 않습니다."

이미 예상했던 대답이다.

아, 그래요, 하고 물러설 내가 아니다.

"그럼, 아즈사의 일기가 어디 있는지 압니까?"

"아니요……그건, 왜?"

"당신 말이 사실인지 확인하고 싶어서."

식칼로 책상을 쾅 쳤다.

"빨리 찾아봐!"

꽥 소리를 질렀지만, 그녀는 움직이는 기색이 없다.

왜 사람 말을 듣지 않는 것인가.

왜? 천천히 분노가 끓어오른다.

"부탁입니다. 나는 오늘, 사람을 죽일지도 몰라요. 하이타니 유즈루가 우리 가족을 빼앗아 간 것처럼, 나도 하이타니 유즈루의 가족을 빼앗고 싶단 말입니다. 그만한 각오를 하고 여기 왔다고요."

아즈사의 엄마는 내게서 시선을 돌리지 않았다.

나를 비난하지도 않고, 겁을 먹지도 않았다. 아무 말 없이 진지한 눈길로 나를 쳐다볼 뿐이다.

"아쓰토 군도, 우리 아들의 피해자로군요."

그녀가 말했다.

"그렇다고 했잖아요."

"나는 아즈사의 일기가 어디 있는지 몰라요. 그보다 먼저, 가르쳐 줘요. 무슨 일이 있었는지."

시간을 벌려는 속셈인가.

원한다면, 하면서 의자에 앉았다. 아즈사가 돌아오려면 어차피 시간도 넉넉하다.

나는 식칼을 책상에 올려놓았다.

"이 칼은, 할머니 유품입니다."

요리 솜씨가 없었던 할머니가 생선을 손질할 때마다 칼날이 상했다. 그 우둘투둘한 칼날을 손가락으로 더듬으면서 옛날을 떠올린다.

"하이타니 유즈루는 이 동네 중학생을 협박해서 우리 가족을 죽였어요. 이 얘기는 실행범인 도미타 히이로라는 소년에게 들었습니다. 거짓말이 아니겠죠. 그렇게 꾸며댈 만큼 똑똑해 보이지 않았으니까."

나는 도미타 히이로의 표정을 떠올렸다.

그는 하이타니 유즈루를 두려워했다. 살인까지 저지른 남자라면서.

"이 동네에서 하이타니 유즈루는 꽤 유명한가 보더군요."

"수치스럽지만……."

"지금 어디 있죠? 정말 모릅니까?"

아즈사의 엄마는 고개를 가로저었다.

"우리는 몰라요."

"말이 되는 소리야? 잘 모르는 모양인데! 그 남자는 지금도 타인을 협박해서 살인을 저지르게 하고 있다고! 당신 아들이잖아! 어떻게 그냥 내버려 둘 수 있냐고!"

"2년 전에 사라졌어요. 그 후로는 어디에 있는지 모릅니다."

뜨거운 감정이 부글부글 끓어올랐다.

정말 너무 무책임하다. 자신이 키운 아들이 잔인한 범죄에 계속 관여하고 있는데.

나는 식칼을 꽉 쥐었다. 좀 더 몰아세워야 한다.

"그렇다면 전부 말해 봐. 당신 아들이 실종되기까지의 일을."

나는 그녀를 노려보면서 말했다.

그녀는 알겠다며 고개를 끄덕이고는, 당연하다는 듯이 무릎을 꿇었다.

"우선, 가정환경부터 얘기하죠."

아즈사 엄마의 이름은 하이타니 미키. 그녀는 아즈사를 낳은 후에 남편과 이혼했다. 산후 몸이 좋지 않았던 그녀는 친권을 빼앗기고, 유즈루와 아즈사는 아버지가 데려갔다. 그리고 이 집에서 몸을 추스르며 살았는데, 이혼한 지 5년이 지난 어느 때 전 남편이 두 아이를 데려갔으면 좋겠다는 뜻을 보였다. 하이타니 미키는 5년 만에 아들과 딸을 만났다.

"그런데 생각지도 못한 것을 알았어요."

그녀는 담담하게 말했다.

"유즈루의 몸 여기저기에 시퍼런 멍이 있었어요. 전 남편의 애인에게 학대를 받은 것 같았습니다."

아홉 살인 유즈루는 난폭하고 거친 아이로 자랐다. 한번 폭발하면 어른도 어쩌지 못했다. 학교에서는 반 아이를 때리고 선생을 걷어찼다. 그래서 나무라면 자기 엄마도 때렸다.

의사소통을 잘하지 못하고, 불만과 분노를 그런 행동으로밖에 표현하지 못했다. 하이타니 유즈루는 그런 아이였다.

"보통 때는 사람을 잘 따르는 아이였어요. 소동을 피웠다가도 몇 시간 지나면 언제 그랬냐는 듯이 과자를 달라고 조르고 어리광을 부렸죠. 그러나 언제 또 폭발할지 아무도 모르는 상황이 계속되었습니다."

아쓰토는 그녀의 변명을 하는 듯한 말투가 마음에 들지 않았다.

잠자코 들으려고 했는데, 참을 수 없었다.

"그럼 전문가에게 데리고 갔어야지. 그런 시설이 있잖아."

"소년 심리 상담소에 데리고 가려 하면, 유즈루는 기분이 상해서 화를 내고 가족에게 폭력을 휘둘렀어요. 기분이 아주 좋을 때가 아니면 데려갈 수 없었습니다."

아즈사의 엄마가 계속해 얘기했다.

하이타니 유즈루가 중학교에 올라갈 무렵에 할아버지가

돌아가시자, 상담소에도 다닐 수 없게 되었다.

"몸이 커지면서 유즈루의 폭력성도 심해졌습니다. 선생님의 차를 부수고, 남의 개를 죽이고, 선배에게 철제 의자를 던지고……. 보다 못한 상담사가 아동상담소를 소개해 주었어요. 경찰이나 의료기관의 도움을 받을 수 있도록 해 준 것이죠. 그런데 아동상담소에서 받아주지 않았습니다."

"왜죠?"

"아동상담소의 업무가 과도한 탓에, 상담을 많이 받지 않도록 조정한 듯 했어요."

나는 다시 의자에 앉았다. 책상에 올려놓은 식칼의 날을 더듬는다.

뭐든 하지 않고는 귀 기울여 들을 수가 없었다.

"더는 손을 댈 수 없을 만큼 포악해진 유즈루는 한 달이 지나 끝내 사람을 죽였습니다."

하이타니 유즈루는 이구치 미치코라는 여자를 살해한 후 보호처분이 내려져 소년원으로 송치되었다. 소년원 직원 말로는, 유즈루는 자신의 범죄에 대해 몹시 후회하는 듯 보였다고 한다.

소년원에서 나온 그는 집을 떠나 보호사의 감독하에 혼자 살기 시작했다. 고등학교에는 다니지 않고 조그만 슈퍼마켓에서 일했다고 한다. 행동거지도 얌전해지고 폭력 사건을 일으키는 일도 없었던 것 같다. 하이타니 미키에게 일하는 곳에서 친구도 사귀었다고 자랑한 일도 있었다.

하이타니 미키도 아즈사도 유즈루의 태도가 바뀌어 한숨 돌리면서 희망을 품었다고 한다.

그런데 그 희망은 갑자기 무너지고 만다.

"지금으로부터 1년 반쯤 전에 유즈루가 일하는 슈퍼마켓에서 전화가 걸려 와, 그가 결근했다는 걸 알았습니다. 유즈루의 과거 행적이 어느 주간지에 실리는 바람에 직장으로 협박 전화가 수도 없이 걸려 오자 주위 사람들의 태도가 싹 달라진 것이었죠. 그래서 충격이 컸나 봅니다. 곧바로 유즈루가 사는 집을 찾아갔지만, 이미 사라지고 난 다음이었어요. 그 후로는 단 한 번도 연락이 없었습니다."

"그래요……."

"그게 엄마인 내가 아는 유즈루의 전부입니다."

그녀가 설명을 끝냈다. 잠시 침묵이 흘렀다.

"소년원에서 나온 후에 같이 살려는 생각은 하지 않았나요?"

"그 문제로 소년원 직원과 상담을 한 후에 그렇게 하지 않기로 했습니다. 유즈루 사건은 이 부근 주민들이 모두 알고 있었어요. 우편함에 이상한 편지가 들어 있는 일도 있었고, 아즈사가 가꾸는 화단이 엉망진창이 된 일도 있었어요. 유즈루는 새로운 곳에서 새 생활을 하는 편이 좋겠다고 판단한 것이죠."

그 결과, 하이타니 유즈루는 혼자 살게 되었다.

듣고 싶은 얘기는 대충 다 들었다.

카드를 다시 한번 꽉 쥔다.

"그런 일이 다 무슨 관계야."

나는 소리를 질렀다.

용서할 수 없다.

하이타니 유즈루에게 어떤 과거가 있든, 복수를 완수해야 한다.

피차 좋게 좋게 해결하려 해서는 나의 분노가 불식되지 않는다.

"관계없어! 당신 말이 사실이더라도, 그건 가해자 쪽 사정이지! 가해자에게 어떤 사정이 있든, 잃어버린 내 가족은 절대 돌아오지 않는다고!"

아쓰토는 근처에 있는 책을 몇 권이나 아즈사의 엄마를 향해 던졌다.

던지면서 알았다. 아즈사의 교과서다. 나는 몇 권을 한

꺼번에 던졌다. 책이 그녀 몸을 스치고 지나 바닥에 떨어지는 둔탁한 소리가 났다.

'살인자의 동생'

그런 잔혹한 글자가 눈에 들어왔다. 아즈사의 교과서에 그렇게 적혀 있었다.

말이 나오지 않았다.

굵은 검정 펜으로 쓴 글자.

'피해자에게 용서받았어? 아직 사죄도 하지 않은 거야?'

'화단 가꾸는 거, 재미있어? 이구치 씨는 그럴 수 없는데.'

'오빠가 사람을 죽였는데, 어떻게 살아 있는 거지?'

나는 바닥에 무릎을 꿇고, 여기저기 널린 교과서를 집어 들었다.

페이지를 넘길 때마다 다른 글자가 눈에 들어왔다.

"좁은 시골 동네다 보니까 소문이 퍼지기 쉽죠."

아즈사 엄마가 중얼거렸다.

나는 교과서에서 눈을 뗄 수 없었다.

아즈사 엄마가 아즈사 얘기를 시작했다.

"아즈사는 학교에서 가혹하게 괴롭힘을 당하고 있습니다. 그런데도 굴하지 않고, 좌절하지 않고, 다부지게 컸다고 생각해요. 엄마라서 하는 말이 아니라.”

짐작은 하고 있었지만, 모르는 척해 왔다.

친절하고 정이 많은데, 친구가 별로 없다는 아즈사의 언행으로 알고 있었다.

“……그런 게 무슨 상관이야.”

나는 같은 말을 반복했다.

“당신들이 아무리 가혹한 짓을 당해도, 나는…….”

필사적으로 목소리를 쥐어짰다.

아즈사의 엄마는 의연한 태도로 나를 계속 바라보았다.

“그래요, 모든 것이 부모 책임입니다. 아즈사는 잘못이 없어요. 그리고 유즈루도. 모든 게 제대로 키우지 못한 부모 잘못입니다.”

그녀가 바닥에 두 손을 댔다.

그녀 이마가 바닥에 닿았다.

“나를 죽여요. 유즈루와 아즈사만은, 살려 주세요…….”

소리가 났다.

머릿속에서 불꽃 같은 것이 깜박거렸다.

나는 폐에 있는 공기를 남김없이 몰아내듯 고함을 질렀다. 아즈사 엄마 옆을 지나 복도로 뛰쳐나갔다. 울면서, 소리치면서, 나는 복도 벽에 붙은 사진과 포스터를 뜯었다.

압핀이 튕겨 나갔다. 찢긴 종잇조각이 허공에 흩어졌다.

벽에 몇 십 장이나 붙어 있었다.

나는 그것들을 쫙쫙 뜯어냈다.

벚꽃, 팬지, 백합, 수국, 베고니아, 동백꽃, 카네이션, 해바라기, 그리고 내가 모르는 꽃들. 나는 온갖 꽃을 찢었고, 그 조각조각이 꽃잎처럼 복도에 흩어졌다.

직감했던 것이다.

만약 하이타니 미키가 한 말이 모두 사실이라면.

집안에 붙어 있는 사진과 포스터의 의미는.

나는 꽃 사진이 뜯겨나간 자리를 확인했다.

사진과 포스터 뒤에 숨겨져 있었던 것은 벽에 뚫린 무수한 구멍이었다.

무슨 구멍인지는 뻔하다.

하이타니 유즈루가 주먹을 날린 흔적이다.

하이타니 유즈루가 발로 찬 흔적이다.

이 가족을 고통으로 내몬 무수한 폭력의 흔적이다.

소리를 지르면서 그 흔적을 가린 꽃들을 계속 뜯어냈다. 손이 아파왔다. 압핀이 피부를 찔렀다. 뜯어낼 때마다 새로운 구멍이 나타났다. 가족을 끝없이 괴롭힌 증거였다.

모든 포스터를 다 뜯어냈다.

구멍이 숭숭 뚫린 벽 끝에 아즈사 엄마가 서 있었다.

"비겁하잖아!"

무의식적으로 외쳤다.

"무릎 꿇고 비는 사람을 어떻게 죽여! 어떻게 그렇게 비정해질 수 있냐고!"

그럴 수 없다.

내게는 불가능한 일이다.

불과 1년 전까지 나는 그냥 학생이었다. 이 사회에서 평범하게 살았고, 사람들과 교류했다. 상대가 아무리 미워도, 살인의 무게는 가벼워지지 않는다.

내가 쥔 식칼이 사람의 살을 관통해 뼈에 닿는다. 쓰러진 사람이 고통스럽게 신음하고, 흐르는 피가 내 손을 붉게 물들인다. 그런 상상만 해도 몸이 오그라드는데.

나는 평범한 인간이다. 살인마가 아니다.

"……하이타니 유즈루가 있는 곳을……정말 몰라?"

애걸하는 듯한 말투다. 대답은 벌써 몇 번이나 들었는데.

아즈사의 엄마가 또 머리를 숙였다.

그녀 모습을 보고 있을 수 없었다. 나도 모르게 밖으로 뛰쳐나갔다.

나는 무턱대고 뛰었다.

윗도리를 두고 나왔다. 차가운 바람이 체온을 앗아간다. 뛰는 속도를 올릴수록 얼굴에 눈송이가 세게 부딪쳤다. 내쉬는 숨은 짙고 하얗다. 몸은 타오르는 것처럼 뜨거운데, 손끝과 귀는 따가울 정도로 차갑다.

멈출 수 없었다.

멈춰 서면, 두 번 다시 걸을 수 없을 것 같았다.

비참했다.

동생을 위해, 할머니를 위해, 그렇게 각오를 단단히 했는데 칼을 내던지고 도망치고 있다. 수치스럽다. 자신이 너무 형편없어 부끄럽다. 가족을 위한다는 내 마음이 겨우 이 정도였나.

하이타니 유즈루의 가족을 죽일 수 없다.

하이타니 유즈루는 내 가족의 목숨을 앗아갔다. 그런데 나는 하이타니 유즈루의 가족을 죽이지 못한다.

배짱 하나 없는 겁쟁이다. 무릎 꿇은 여자를 찔러 죽일 만한 굳건한 각오가 없다.

"나는."

입에서 말이 흘러나왔다.

"나는……"

말을 끝내기 전에 눈에 발이 묻혔다.

볼품없이 넘어졌다. 균형을 잡지 못해 코를 땅에 박았다. 코에서 피가 흘러나온다. 흐르는 피를 닦고서 일어선다. 근처에 있는 벤치에 쓰러지듯 벌렁 누웠다.

내리는 눈을 이렇게 올려다보기는 처음이었다.

당연하다. 냉정하게 생각해 보면, 이렇게 눈 내리는 날에 벤치에 드러눕다니 자살 행위다.

눈이 내 몸에 쌓여 간다. 하늘에서 하늘하늘 떨어지는 눈이 LED 조명을 반사해서 파랗게 반짝거렸다. 내 몸에 떨어진 하얀 눈은 바로 녹지 않는다. 마치 무슨 무늬처럼 검은색 스웨터를 수놓았다.

등 밑에서 녹은 눈이 옷을 적시고, 체온을 앗아간다. 그 차가움에도 점차 익숙해졌다.

이대로 움직이지 않으면 나는 얼어 죽을 것이다.

그런데 일어날 마음이 없었다.

시선을 옆으로 돌린다. 바로 앞에 스노드롭 화단이 보였다. 한 번 왔던 적 있는 공원 한 모퉁이였다.

발이 무의식적으로 이곳을 향한 모양이다.

눈에 덮인 스노드롭은 여전히 꽃 필 기색이 없다.

스노드롭을 보자 동생 미유가 떠올랐다.

왜 미유는 거짓말을 했을까?

산에 자생할 리 없는 스노드롭을 왜 산에서 파 왔다고 거짓말을 했을까? 그녀 신발에 흙이 묻어 있었으니, 산길을 걸었던 것은 틀림없다. 대체 산속에서 무슨 일이 있었던 것일까.

내게 스노드롭을 주었던 그날 밤, 미유는 죽었다.

사건의 진실을 아는 사람은 아마 하이타니 유즈루뿐일 것이다.

캐묻고 싶다. 그러나 그를 찾을 방법이 없다. 하이타니 유즈루의 가족조차 행방을 모른다.

앞이 보이지 않는다.

나는 어떻게 하면 좋을까.

가족을 잃은 마음의 공허함을 어떻게 하면 메울 수 있을까.

LED 조명의 빛이 눈부셔서 나는 눈을 감는다.

시야가 캄캄해진다.

검정은 나의 색이다.

줄곧 어둠 속에서 걷고 있다. 국회의원을 추궁하고, 도미타 히이로에게 화를 내고, 하이타니 아즈사를 속이고, 하이타니 미키를 협박했다. 하지만 마음은 풀어지지 않는다. 어둠에서 벗어날 수 없다.

복수를 하고 나면 죽어도 좋다고 그렇게 각오를 단단히 했는데.

어둠 속에서 울리는 것은 무수한 '목소리'뿐이다.

"가해자는 소년법의 보호를 받으며 마음대로 살고 있다."

"사람을 죽였는데 몇 년이 지나면 아무렇지 않게 살아갈 수 있다니, 도저히 용납할 수 없다."

"가해자 본인을 처벌할 수 없다면, 부모를 처형해야 한다."

복수를 지원해 준 사람들이 있었다. 내 처지를 딱히 여기고 응원해 주었다. 그런 '목소리' 들을 수도 없이 떠올리며 마음을 다잡았다.

그러나 그런 목소리에 무슨 의미가 있나.

"전부, 날려 버릴 거야."

입술이 움직였다.

"모든 걸, 다 날려버릴 거야."

병원 영안실에서 그렇게 맹세했다.

미유의 손을 꼭 잡고 말했다. 그녀 손은 불타오르는 분홍색이었다. 일산화탄소 중독 증상. 숨이 끊어지기 전, 그녀가 얼마나 몸부림쳤을지 상상만 해도 눈물이 흘러나왔다.

복수를 약속했다.

범인에게 대가를 치르게 하겠다고 맹세했다.

나는 계속해서 움직여야 한다.

어떤 난관이 있어도, 계속 앞으로 나아가야 한다.

미유는 더는 움직이지 못하니까.

그녀 심장은 멈춰버렸으니까.

"전부, 전부, 이 세상 전부, 날려버릴 거야."

의식이 멀어진다. 의지와는 달리 몸은 완전히 지쳤다. 어젯밤에 한숨도 못 잤지, 하면서 피식 웃는다. 자신이 살인자가 될지도 모른다고 생각하자, 한숨도 잠이 오지 않았다. 그 긴장감이 한계에 도달한 듯하다.

눈두덩 속에 퍼지는 어둠, 그 어둠에 빨려들듯 나는 의식을 놓았다.

7

전철에 놓인 수상한 물건이 또 화제가 되었다.

모두가 와타나베 아쓰토의 테러와 연관 지었다.

텔레비전에서는 전문가가 나와 전철에서 수상한 물건을 보면 주의하라고 당부했다. 그리고 신주쿠 역 광경이 화면에 흘렀다. 역 앞에는 전철에서 피신한 사람들이 택시를 타려고 길게 줄 서 있었다. 그 줄 속에서 남자 리포터가 열심히 취재를 시도하고 있다. 사람들의 말이 부자연스럽게 끊기는 점이 인상적이었다. 아마도 '와타나베 아쓰토'라는 실명을 잘라냈을 것이다. 미디어도 미성년 테러리스트를 어떻게 취급해야 좋을지 몰라 골머리를 앓는 듯하다. 옹호할 수도 과격하게 비판할 수도 없어, 이도 저도 아닌 발언을 거듭하고 있다.

대조적으로 인터넷은 주저 없이 와타나베 아쓰토에 대한 개인정보를 까발렸다. 와타나베 아쓰토가 생활하는 시설과 다녔던 고등학교에 전화를 거는 사람도 있는 듯했다. 통화에서 상대가 어떻게 대응했는지도 시시콜콜 쓰여 있었다.

열다섯 살짜리 소년이 자신의 얼굴과 실명을 밝히고 테러를 자행하는, 있어서는 안 될 행위에 해외에서도 큰 관심을 보였다. 주가에도 일시적이나마 큰 영향을 미친 듯하다.

폭탄 테러 자체보다 교통을 마비시킨 점을 비난하는 목소리도 많았다. 경제적 손실액은 매스컴에 따라 수백억에서 수천억까지 편차가 있었지만, 분노의 목소리는 한결같았다.

와타나베 아쓰토를 옹호하는 블로그가 있는 점은 의외였다. 그러나 내용을 읽고 안도는 실소했다. 와타나베 아쓰토는 현대 젊은이들이 안고 있는 불만을 사회를 향해 터뜨린 것이라는 식으로 억지 해석한 옹호론이었다. 보아하니 와타나베 아쓰토의 반듯한 외모 때문에 생긴 팬인 듯했다.

한 연예인의 SNS 계정에서도 난리가 났다. '와타나베 아쓰토는 사형에 처해야 한다. 소년법은 처벌이 약하다.'하는 글을 쓴 탓이었다. 댓글은 찬반양론으로 시끌시끌했다. 아직 체포되지 않았으니 뭐라 판단해서는 안 된다는 견해와 말 한번 시원하게 했다고 칭찬하는 견해로 갈렸다. 후자가 압도적으로 많아 보였다.

시간이 흐를수록 영향이 퍼져 나가고 있다.

와타나베 아쓰토는 아직 체포되지 않았다.

사건 발생으로부터 32시간이 지났다. 끝내 조사가 암초에 부딪쳤다.

안도는 하이타니 유즈루의 집을 찾아갔지만, 가족은 아무도 없었다. 이웃들 말이 어제부터 없었으며, 어디 갔는지도 모른다고 한다. 원래부터 하이타니 유즈루의 엄마 하이타니 미키는 이웃과 별 교류가 없었다. 하이타니 유즈루가 과거에 벌인 사건 때문일 것이다. 아무도 행방을 몰랐다.

하이타니 유즈루의 집 근처에서 발생한 사건에 대해서

는 아라카와가 조사해 주었다. 지난 몇 달 사이에는 시끄러운 사건이 없었던 것 같다. 행방불명자에 대한 정보도 없다. 적어도 와타나베 아쓰토는 하이타니 유즈루의 가족을 살상하는 짓은 벌이지 않은 듯하다.

이 이상 와타나베 아쓰토의 과거를 추적하기가 어려울 듯했다.

안도와 아라카와는 다음 카드를 꺼냈다. 하이타니 유즈루에게 메일을 보냈다. 도미타 히이로에게 받아낸 메일 주소다.

그러나 답신은 없었다. 경계하는 것이 당연할 듯 싶어 포기했다. 하이타니 유즈루는 주간지 기사 때문에 인생이 망가졌다. 원망도 클 것이다.

안도와 아라카와는 한동안 거의 잠도 자지 못하고 움직였다. 편집장은 안도와 아라카와의 취재 결과를 칭찬하면서 다음 호에 특집으로 내보내자고 결정했다. 와타나베 아쓰토가 겪어야 했던 과거의 사건, 히즈 의원과의 말싸움, 도미타 히이로의 집을 찾아가 알아낸 내용, 지면을 채울 정보는 충분하다.

그러나 안도는 아직 와타나베 아쓰토의 속내를 모른다는 미진한 기분이 들었다.

와타나베 아쓰토와 테러의 인과관계는 아직 명확하게 밝혀지지 않았다.

달리 취재할 대상도 없다. 그가 생활했던 시설과 고등학교는 이미 취재를 거부했다. 이제 뭘 해야 하나.

편집부에서 생각에 몰골하고 있는데, 아라카와가 말을 걸었다.

"그게 뭐였을까요? 전철에서 발견되었다는 수상한 물건?"

안도는 신타니에게 정보를 얻어 알고 있었다. 도미타 히이로에 관한 정보와 맞바꿔 현재 조사 상황을 캐낸 것이다.

"역시 유산화수소 테러 같아. 가방에 세제와 농약이 들어 있었어. 산성세제와 석회유황 혼합물이 정해진 시간에 섞이게 되어 있었고."

"위험하니 절대 섞지 말라고 하는 것들이군요."

"그래. 만약 사전에 정보가 없었다면 사망자가 나왔을 수도 있었지. 여자아이가 체포되었다고 하는데, 신분증도 없고, 입을 꼭 다물고 묵비권을 행사하고 있대."

그 소녀가 누구인지는 아직 모른다.

그러나 국가기관에서 심문한다. 경찰에서 몇 시간 취조를 당하다 보면, 결국은 입을 열게 된다.

"경찰은 이 사건에 대해서 뭐랍니까?"

"상당히 당혹스러워하는 눈치야. 와타나베 아쓰토 뒤에는 아무런 조직이 없어. 와타나베 아쓰토는 단독범, 또는 협력자 몇 명과 함께 테러를 벌였다는 설이 유력해. 이른바 외로운 늑대형 테러."

안도는 신타니가 전해 준 내용을 얘기했다.

공안 경찰이 각 반사회단체의 정보통과 접촉했지만, 우익과 좌익을 비롯해 신흥종교단체에서도 전혀 예상치 못한 테러라고 했다.

"안도 선배, 역시 이 사건, 어딘가 좀 이상합니다."

"그건 이미 알고 있어."

"아쓰토 군의 목적을 모르겠어요."

이 나라 모든 사람들이 궁금해하는 문제다.

안도와 아라카와에게도 명확한 대답이 없다. 와타나베 아쓰토가 복수를 위해 가해자들을 쫓고 있는 것은 분명한데, 그 사실과 폭탄 테러에 어떤 맥락이 있는지는 오리무중이다.

"소년법에 대한 분노라고 생각할 수도 있겠는데, 그렇다면 왜 범행 성명은 하지 않는 걸까요? 나는 소년범죄의 피해자다, 소년법에 대한 분노로 테러를 일으켰다, 하고 성명을 발표하면 되는데. 그러면 찬동하는 사람도 많을 텐데요."

안도는 며칠 전 흥분했던 아라카와를 떠올렸다.

와타나베 아쓰토의 과거를 알면 아라카와처럼 그를 옹호하는 사람도 생길 것이다. 테러 자체를 긍정할 마음은 없어도, 그의 처지와 소년법에 대한 그의 한결같은 분노에 동정표를 보내는 사람은 많을 것이다. 열다섯 살이라는 나이를 고려하면 더욱 그렇다.

"하지만 이대로 가면 아쓰토 군은 잔인한 테러리스트로 각인될 거예요."

"하지만이 아니지. 와타나베 아쓰토는 이미 잔인한 테러리스트야."

"그래도 나는 그게 전부가 아닌 것 같다는 말이죠. 반드시 무슨 목적이 있을 겁니다. 누군가에게 협박을 당했거나, 틀림없어요."

"알 수 없는 점이 많은 것은 맞아."

아라카와가 의문을 갖는 것은 당연하다.

와타나베 아쓰토는 왜 인터넷에 범행 성명을 올리지 않는 것일까?

소년법을 증오한다면, 왜 그 점은 세상에 호소하지 않는 것일까?

"아니지, 아니야."

안도는 이제야 깨달았다.

"범행을 설명할 필요가 없는지도 모르겠어."

확인해야 할 일이 있다.

안도는 바로 전화를 걸었다.

안도는 재차 히즈에게 연락을 취했다. 다행히 그가 시간을 내주었다. 히즈를 따라 어느 레스토랑의 독실로 들어갔다.

"죄송합니다, 이렇게 불러내서요. 꼭 확인하고 싶은 일이 있습니다."

테이블에 앉아마자 안도는 용건을 꺼냈다.

"이번 테러가 소년범들을 엄벌하는 방향으로 소년법을 개정하는 계기가 될 수 있을까요?"

히즈가 와타나베 아쓰토와 아라카와에게 설명했던 내용이다. 그는 소년 범죄 사건수가 줄고 있는 현황에서 소년법을 개정하려면 합당한 사유가 필요하다고 했다.

그 말은 옳다. 감정에만 호소해서는 현실이 달라지지 않는다.

그러나 사실 소년법은 지금까지 몇 번이나 개정되었다.

"그렇죠."

히즈는 고개를 끄덕이면서 말했다.

"소년법의 개정을 위해, 특히 엄벌하는 방향으로 논의를 끌고 가려면 강력한 동기가 필요합니다. 예를 들면……."

"소년법의 테두리에서 벗어나는 흉악한 범죄 말이군요."

안도가 그렇게 말하자 히즈는 고개를 크게 끄덕였다.

대표적인 경우가 열네 살짜리 소년이 저지른 연속 아동 살인 사건이다. 이 사건을 계기로 형사 책임을 물을 수 있는 최저연령 – 촉법 연령이 낮아졌다. 또는 나가사키에서 발생한 초등학교 6학년의 살해 사건과 열두 살 소년의 유괴 및 살해 사건. 이 사건을 계기로 소년원 송치 연령이 낮아졌다. 물론 사건 하나 때문에 법이 개정될 만큼 개정 절차가 단순한 것은 아니다. 하지만 법 개정에 큰 계기로 작용하는 것은 틀림없다.

"나도 같은 생각을 했어요. 와타나베 아쓰토의 목적이 소년법 개정이라면 그냥 체포되면 되는 일, 오히려 그 자신이 소년법 개정을 주장하면 여론의 반발을 사기 쉽죠."

그건 충분히 있을 수 있는 일이다.

가령 테러의 주범인 와타나베 아쓰토가 소년법 개정을

구체적으로 주장하고 나서면, 세상의 빈축을 살 수도 있다. 기껏해야 '테러를 저지른 네놈이 할 말이 아니다' 하는 소리나 듣게 될 것이다.

"그렇다면, 와타나베 아쓰토는 흉악 범죄를 저질러 일부러 세상의 비난을 받으려는 걸까요?"

"매스컴이 괜한 짓을 하지 않는다면, 그가 원하는 대로 되겠죠. 인터넷에 익숙한 세대인 한 소년이 인터넷에서 얻은 정보를 이용해 폭탄을 제조해 전대미문의 테러를 자행했다. 소년법을 바꾸기에 더할 나위 없는 사례 아니겠어요?"

우롱차를 마시면서 히즈가 말했다.

"그러나 매스컴이 와타나베 아쓰토가 고독을 이겨내지 못한 비극적인 아이로 다루면 여론이 분열되겠죠. 어쩌면 연령을 낮추는 방향으로 흐르지 않을 수도 있고."

안도는 뭐라 대답할 수 없었다.

열다섯 살, 어른이라고 할 수도 아이라고 할 수도 없는 아주 미묘한 나이다. 세상은 그를 어떻게 받아들일까.

"안도 씨."

히즈가 몸을 앞으로 내밀고 말했다.

"안도 씨를 소년범죄 피해자를 지속적으로 추적하는 동

료라 여기고 말씀드립니다."

"뭐죠?"

"지금이 분수령입니다. 사망자는 나오지 않았죠. 물론 다행스러운 일입니다. 그러나, 때문에 소년법 개정을 위한 결정타가 없다는 점은 부정할 수 없습니다. 소년법을 대폭 개정하기 위해서는 여론의 뒷받침이 반드시 필요합니다."

히즈는 힘이 담긴 눈길로 안도를 쳐다보았다.

"피해자들의 억울함을 달래기 위해서는 와타나베 아쓰토를 교화의 여지가 없는 흉악한 범죄자로 각인시킬 필요가 있어요."

오호라, 히즈가 이렇게 취재에 협조적인 이유가 거기에 있었군.

결국 여론을 조성하라는 말이다.

안도는 마른 입술을 핥았다.

"와타나베 아쓰토는 스스로 흉악한 범죄자가 되면서까지 소년법을 개정하라고 여론을 부추기고 있다, 의원님은 그런 가설을 정말 믿는 겁니까?"

"안도 씨도 그렇게 생각했을 텐데요."

안도는 고개를 저었다. 어디까지나 가능성의 하나일 뿐이다.

선동이라니, 웃기지 말라고. 내가 그런 허언에 놀아날 줄 아는가.

"단정하기에는 이르죠. 나는 진실을 왜곡해 보도할 마음은 없습니다."

안도가 히즈를 만나려 한 것은 확인하기 위해서지 정치가의 얍삽한 계략에 동조하기 위해서가 아니다.

"히즈 의원님, 진실 없이 여론에 부채질만 하는 기사는 그냥 선동이죠. 지역 선거구에서 해마다 의원님의 득표율이 낮아지고 있는데요. 소년범죄와 관련한 과격한 발언으로 매스컴의 뭇매를 맞은 적도 있고요. 이번 사건을 이용해서 오래도록 소년법 개정을 주장해 왔던 자신에 대한 평가를 새로이 하고 싶은, 사실은 그런 계산도 있는 것 아닙니까?"

그럴 만큼 충격적인 사건이다. 표밭을 다지기에는 절호의 기회일 것이다.

히즈는 젊은 신예 의원으로 인기를 모았지만, 그 인기가 점차 수그러들고 있다. 소년범죄에 대한 과격한 발언으로 변호사들에게 표적이 된 적도 한두 번이 아니고, 당내에서 고립되어 있다는 소문도 나돈다. 그러니 어떻게든 성과를 보이고 싶을 것이다.

상대를 의심하는 견해일 수도 있지만 상관없다. 안도는 단도직입적으로 말했다.

기자에게 저널리즘을 포기하도록 유도하는 남자는 도저히 동료라고 할 수 없다.

"그 말이야말로 진실이 아니죠."

히즈는 딱 잘라 부정했다.

"나는 와타나베 아쓰토의 그 처절한 바람을 이뤄주고 싶을 뿐입니다."

"아직은, 뭐라 말할 수 없는 사안이죠."

"안도 씨는 못 봐서 그렇죠. '왜 소년법은 바뀌지 않는 것'이냐고 외치던 와타나베 아쓰토의 표정을. 좋게 좋게 갈 수는 없어요. 복수를 다짐하는 피해자의 감정을 안도 씨는 이해할 텐데요. 가령 옳지 않더라도, 여론을 엄벌하자는 방향으로 반드시 유도해야 합니다. 누구보다 발 빠르게 와타나베 아쓰토를 추적했던 당신만 할 수 있는 일이에요. 이번 사건은 소년법을 대폭 개정할 수 있는 더할 나위 없는 기회입니다."

히즈가 안도를 뚫어져라 쳐다보았다.

그의 목소리에는 강한 분노가 담겨 있었다.

"당신, 지금까지 뭐 때문에 피해자를 추적해 왔느냐 말이야!"

뭐 때문일까?

그 호통 같은 질문에 안도는 바로 대답하지 못했다.

어느 면에서는 히즈의 가설이 옳을지도 모른다고 생각한다.

와타나베 아쓰토는 소년법을 증오하고 있다. 그를 지켜주는 가족은 이미 없다.

'정신이 불안정한 열다섯 살 소년이 가해자를 보호하는 소년법을 증오한 나머지, 자포자기한 심정으로 테러를 자행했다. 범행성명 따위는 할 필요가 없다. 체포되면 여론이 절로 법 개정을 주장할 테니까.'

이렇게 정리하면 앞뒤가 딱 들어맞는 것 같기도 하다.

아무튼, 열다섯 살 소년이 테러라는 비상사태를 초래한 것은 사실이다.

이 사태를 설명하기에 충분히 현실적인 발상이다.

"하지만 와타나베 아쓰토의 단독범행으로 보기가 어렵습니다. 그가 의원님을 통해 소년법의 실상을 알고 일을 벌이기까지는 불과 넉 달, 폭탄을 준비할 수 있는 기간이 아니죠. 너무 짧습니다. 반드시 협력자가 있을 겁니다. 우선은 그 협력자를 찾아야죠."

슬쩍 논점을 흐렸을 뿐이다. 그 정도는 히즈도 알아차렸을 것이다.

가슴이 묵직하게 내려앉는 기분이었다.

그리고 이제야 자신에게도 와타나베 아쓰토를 옹호하는 마음이 있다는 것을 깨달았다.

스스로도 어이가 없었다.

이래 가지고는 아라카와를 나무랄 수 없다.

……

"전화로 얘기할 수 없다는 내용이 뭔데?"

밤에 경시청 앞에서 신타니가 나타나기를 기다렸다.

"아, 미안해. 이번 정보는 좀 특별해서."

신타니 역시 전화상으로는 언젠가 보도될 정보밖에 알려주지 않는다. 도청을 경계하는 규율이 있는지도 모르겠다.

"와타나베 아쓰토가 어디 있는지는 아직 모르는 거야?"

안도는 우선 확인했다.

"응, 아직. 휴대전화가 고장 났는지 전파를 추적할 수 없어. 두 번째 동영상은 아마 다른 단말기로 와이파이 프리

존에서 익명의 브라우저를 통해 올렸을 거야. 현재는 목격 정보를 일일이 검토하는 중이야."

"CCTV 영상은 왜 공개하지 않는 거지? 폭탄을 설치하기 전후의 모습이 찍혔을 거 아냐."

신타니가 짧은 한숨을 내쉬었다.

"윗선이 지금 그것 때문에 옥신각신하고 있어. 상대가 미성년일 가능성이 커서 주저하고 있는 거지. 하지만 체포되지 않으면 결국은 공개할 거야. 그런데, 본론이 뭐야?"

"사진을 봐줬으면 해서. 이 남자, 혹시 사건에 관여하지 않았어?"

2년 전에 어느 슈퍼마켓에서 일했던 소년 사진이다.

"안도, 이 녀석을 아는 거야?"

신타니가 눈을 부릅떴다.

"내 질문에 먼저 대답해."

신타니는 눈살을 찌푸렸지만, 바로 대답해 주었다.

"와타나베 아쓰토 사건의 관계자. 플랫폼에 폭탄을 설치한 녀석이야."

"뭐? 정말이야?"

목소리가 높아졌다. 잘못 들은 줄 알았다.

"그러니까, 와타나베 아쓰토가 폭탄 테러의 실행범이 아니란 말이야?"

신타니는 고개를 끄덕이며 설명했다.

실행범이 따로 있다고 발표하면 불필요한 혼란을 야기할 수도 있다. 경찰은 와타나베 아쓰토와 실행범이 체포될 때까지 보도하지 않기로 결정했다.

"이 사진은 어디서?"

신타니가 조그만 소리로 물었다.

안도는 손바닥으로 이마를 누르면서 대답했다.

"하이타니 유즈루. 3년 전, 미치코를 살해한 놈이야."

"이 녀석이……."

신타니의 눈썹이 꿈틀거렸다.

"그렇네…… 그놈이구나."

직업병 때문인지, 신타니의 표정은 별로 달라지지 않았다.

"귀중한 정보, 고마워. 이놈은, 바로 체포될 거야."

믿음직스럽게 대답하고 신타니는 경시청으로 돌아갔다.

좀 미안하군. 안도는 속으로 중얼거렸다. 하이타니 유즈루의 연락처는 알려주지 않았다.

귀중한 정보를 얻은 쪽은 오히려 나다.

하이타니 유즈루가 사건에 관여했다. 그렇다면 불러낼

미끼는 얼마든지 있다.

하이타니 유즈루는 약속 장소로 도쿄와 가나가와 현 경계에 있는 조그만 동네를 지정했다.

경시청 앞을 떠난 안도는 하이타니 유즈루에게 바로 메일을 보냈다. 거짓말을 줄줄이 늘어놓았다. 취재 윤리에 위반되지만, 관계없다. 지금까지 모은 정보로, 하이타니 유즈루가 걸려들 만한 조건이 뭔지는 잘 알고 있었다.

안도의 예상이 그대로 들어맞았다.

다음 날 아침, 하이타니 유즈루에게서 회신이 왔다.

하이타니 유즈루가 선택한 장소는 전망 좋은 공원이었다. 입구 외에는 CCTV도 없다. 울타리를 넘어서도 쉽게 들어갈 수 있다. 그리고 사람이 몸을 숨길 만한 곳은 어디에도 없다. 경찰을 의식한 것이다.

그 공원 한가운데서 기다리라는 지시가 있었다.

평일 공원에 안도와 아라카와 외에는 아무도 없었다. 찬바람만 불었다.

"정말 올까요?"

아라카와가 물었다.

이번 취재에는 아라카와를 동행했다. 안도 혼자 가면 위험할 수도 있다는 생각도 있었지만, 아라카와가 함께 가겠다고 나선 탓도 있다.

"과거에 사람을 죽였는데, 이번 폭파 사건의 실행범이란 말이죠? 그런 놈이 순순히 나타나겠어요?"

아라카와에게는 하이타니 유즈루의 과거를 일부 숨겼다. 이구치 미치코라는 인물을 살해했다는 것만 설명했다. 그녀가 안도의 연인이었다는 것은 말하지 않았다.

"올 거야."

안도는 시계를 보면서 대답했다.

"내 생각이 그렇다는 거지만."

약속 시간은 오전 11시.

그 시간에서 20분 정도 지나 하이타니 유즈루가 나타났다.

오랜만의 재회다.

체격이 좋다. 키도 180센티미터 이상 되어 보인다. 비니를 눌러쓰고 검은 마스크로 얼굴을 가렸다. 유일하게 드러난 눈초리는 매섭고, 안도와 아라카와를 계속 노려보고 있다.

들개 같은 놈, 하고 안도는 생각했다. 더럽고, 흉악하고,

무엇에도 얽매이지 않는 짐승이다.

"하이타니 유즈루 맞나?"

안도가 물었다. 사실 확인할 것도 없었다.

안도는 2년 전에 그의 모습을 확인한 적이 있다.

"기자는 정말 대단하군."

마스크를 내리고 하이타니 유즈루가 말했다. 낮은 목소리다.

"이렇게 빨리 나를 찾아내다니. 경찰도 아직 모르지 않나 싶은데."

그는 주머니에서 버터플라이 나이프를 꺼내 안도에게 들이댔다.

"장소를 옮기겠어. 신고할 생각은 꿈도 꾸지 마, 알겠어?"

사람이 없는 장소로 옮기는 것은 안도도 바라는 바였다.

겨우겨우 찾아냈다. 정보를 얻기 전에 경찰이 낚아채면 곤란하다.

하이타니 유즈루가 모든 것을 털어놓은 다음에 신고해도 늦지 않다.

문제는 이놈이 신고를 허용할 것인가, 그것이다.

하이타니 유즈루의 지시를 따라 안도와 아라카와는 앞

서 걸었다.

저만치에 조그만 폐공장이 보였다. 오래전에 문을 닫은 듯하다. 벽면에 쓰인 기업 이름은 이미 읽을 수 없다.

안도의 기억이 맞는다면, 이곳은 한때 수공업이 번성했던 고장이다. 수공업이 쇠퇴하면서 문을 닫은 기업도 많을 것이다. 건물을 철거할 비용조차 없어, 이렇게 폐건물만 덩그러니 남았다. 범죄자가 며칠 눌러살아도 발견되지 않을 듯하다.

셔터 자물쇠는 망가져 있었다. 지렛대로 비틀었는지 자국이 생생하게 남아 있다.

폐공장 안에는 인스턴트식품 쓰레기와 빈 페트병이 널려 있었다. 양으로 봐서 한 명이나 두 명일 것이다. 둘러보았지만, 와타나베 아쓰토의 모습은 없다.

"나밖에 없어."

하이타니 유즈루가 물병을 하나 들고 벌컥벌컥 들이켰다. 두 병을 계속해서.

안도는 전에 만났던 약물 의존증 젊은이가 떠올랐다. 이렇게 갈증이 심한 걸 보면 하이타니 유즈루도 약물에 손을 댔는지 모른다.

시원하다는 듯 입을 닦고서 하이타니 유즈루가 말했다.

"내가 당신들을 믿는 건, 당신네 주간지는 나쁜 놈들에게 가차 없기 때문이야. 전에 나에 관한 기사를 썼지? 아무 주저 없이 말이야."

안도는 그 기사를 쓴 사람이 자신이라는 말은 하지 않았다. 화를 돋우는 것은 좋은 방법이 아니다.

"말투로 봐서, 역시 테러의 목적은 소년법 개정인가?"

"오호. 거기까지 안단 말이지. 설명은 하지 않아도 되겠군."

하이타니 유즈루는 목소리를 짓누르듯이 웃었다.

"내게 협력해."

안도와 히즈의 추측이 옳았던 것 같다.

이 테러 사건의 원인은 소년법이다.

"그런데, 잘 모르겠단 말이야."

안도가 상대를 쳐다보며 말했다.

"왜 네놈이 관여하고 있는지. 네놈이 소년법 개정을 위해 사건을 벌였다? 동기가 없잖아."

"허, 그쪽은 아직 모르는군."

도발하듯 조롱하는 웃음이 마음에 들지 않는다.

그러나 일단 넘어가자. 지금 기선을 잡히면 얘기가 풀리지 않을 수도 있다.

"네놈에게 동기가 없다면, 고용된 건가?"

"그렇지."

하이타니 유즈루가 거들먹거리며 말했다.

태도 하나하나가 어른을 바보 취급하는 것으로밖에 보이지 않는다.

"자세하게 말해 봐. 우리 도움이 필요할 텐데."

"웃기지 마."

하이타니 유즈루가 드럼통을 걷어찼다. 안이 빈 듯하다.

공장 안에 드럼통 구르는 소리가 울렸다.

"고용주에 대해서는 묻지 마, 알겠지? 나도 통화 한 번 했을 뿐, 얼굴은 못 봤으니까."

하이타니 유즈루가 단숨에 얘기를 쏟아냈다.

"1년인가, 1년 반쯤 전에 내가 전문학교 다니는 여자와 동거할 때야. 가끔 일용직으로 일하면서 빈둥빈둥 살았지. 여자가 월세를 내라고 해서 짜증이 났는데, 마침 어떤 전화가 걸려 왔어. 상대는 남자. 내 과거를 전부 알고 있었어. 돈벌이가 있다고 해서 만나러 갔는데, 부하라는 작자가 나와서 일감을 줬어. 원하는 물건을 만들어 줬더니 그 자리에서 1만 엔을 주더군. 일용직보다 효율이 좋잖아. 몇 번을 계속하니까 돈을 더 주고. 그런 다음에 폭탄 테러에 대해서 얘기해 줬어. 나쁜 얘기가 아니었지. 어차피 나는 무직에 더는 잃을 것도 없는 몸. 게다가 폭탄을 설치해서 실행범이 되면 형무소에서 나온 다음에 성공 보수로 편하게 살 수도 있고 말이야."

하이타니 유즈루가 또 드럼통을 걷어찼다.

"그게 다야. 쓸데없는 질문은 하지 마."

그는 슈퍼마켓을 그만두고 실종된 후, 여자 집에 눌러산 듯하다. 눈 뜨고 볼 수 없을 만큼 피폐하게 살았을 것이다. 고용주가 나타나지 않았더라도 언젠가는 범죄를 저지를 가능성이 충분한 생활이지 않았을까.

"아무 의심 없이 그런 범죄에 가담했단 말이야?"

아라카와가 물었다.

하이타니 유즈루는 대답하지 않았다.

심드렁한 표정으로 바닥을 내려다보고 있을 뿐이다.

아라카와가 계속해 물었다.

"도중에 폭탄 테러의 공범, 아니지 주범이 되었다는 걸 알았을 텐데."

그 질문에도 하이타니 유즈루는 대답하지 않았다. 말없이 바닥만 노려본다.

"너, 사람을 얼마나 죽여야 하겠어?"

아라카와가 언성을 높였다.

하이타니 유즈루의 표정은 변함없다.

"너는 새롭게 살겠다는 마음도 없는 거야?"

아라카와가 소리를 질렀다.

"시끄러! 쓸데없는 질문은 하지 말라고 했지."

하이타니 유즈루는 드럼통을 냅다 걷어찼다. 드럼통이 쓰러져 바닥에 굴렀다가 벽에 부딪쳐 멈췄다.

아라카와가 숨을 삼켰다.

하이타니 유즈루는 침을 퇴 내뱉고는 다시 말을 쏟아 냈다.

"내 덕분에 너희들, 엄벌파가 원하는 대로 될 거야. 열일곱 살짜리 전례가 없는 폭탄 테러범 덕분에 소년법은 반드시 엄해질 거라고. 그러니까 시끄럽게 굴지 마."

아라카와의 표정이 점차 험악해졌다. 이를 악물고 있다.

안도도 이번에는 아라카와를 훈계할 수 없었다.

아라카와의 분노는 정당하다. 하이타니 유즈루에게는 죄의식이 털끝만큼도 없다.

하이타니 유즈루가 헤실헤실 경박하게 웃었다.

아라카와의 얼굴이 타오를 것처럼 빨게졌다.

"네놈 말이 맞을지도 모르지. 법은 개정해야 해. 사람을 죽여 놓고 반성하지 않는 놈에게 인권 따위는 필요 없지."

"그러니까 내가 그 소원을 들어준다잖아."

하이타니 유즈루가 만족스러운 듯이 말했다.

"어차피 나는 무관하니까."

하이타니 유즈루가 이를 드러내고 킬킬 웃었다.

안도는 주먹을 꽉 쥐었다. 줄곧 집착해 온 문제다.

정말 범죄 소년을 보호해야 하는 것인가!

이성적으로는 이해한다. 범죄를 저질렀어도 당사자가 소년인 이상 국가는 교화 교육을 실시할 의무가 있다. 또 사회는 그를 보호하고 교화에 협력할 필요가 있다. 그러지 않으면 범법 소년이 또다시 사회에 해를 끼치고 새로운 범죄를 저질러 피해자를 낳을 수 있다.

그러나 이런 놈까지 교화시켜야 하는 것일까.

"근본이 썩었군."

아라카와가 한심하다는 듯이 말했다.

아라카와도 안도와 비슷한 충동을 느끼는 듯하다.

"정말 구제의 여지가 없어."

"구제의 여지가 없다고?"

하이타니 유즈루가 버럭 소리를 질렀다.

"내가 얼마나 공포에 떠는지 알기나 하고 하는 소리야!

성실하게 일하면 뭐 해! 친구가 생기고 애인이 생기면 뭐 하냐 말이야! 주간지에 실리면 그게 다 소용없다는 걸 알았는데! 어차피 끝장인데, 범죄가 되었든 뭐가 되었든 돈이라도 버는 게 이득 아닌가?"

"그게 다 자업자득이야. 헛소리 집어쳐!"

"적어도, 고용주는 나를 원했어. 내가 필요하다고 말해줬다고. 그 고마움을 너희들은 모를 거야."

어딘지 모르게 황홀함마저 느껴지는 목소리로 하이타니 유즈루가 말했다.

더 이상 언쟁을 벌여봐야 소용없다. 이 남자에게는 어떤 말도 통하지 않는다.

안도는 페트병으로 드럼통 옆을 툭툭 쳤다.

카랑카랑한 소리가 울린다.

하이타니 유즈루와 아라카와가 동시에 안도를 쳐다보았다.

"이제 됐어. 그만해."

안도는 손에 쥔 페트병을 내던졌다.

"네놈 덕분에 드디어 확신하게 되었군. 이 테러의 전모를 말이야."

안도가 숨을 크게 내쉬었다.

이놈의 썩어빠진 태도가 최고의 힌트였다.

정보를 순서대로 정리하자, 맥락이 이어지고 결론이 나왔다.

“하이타니 유즈루, 한 가지 물어도 될까?”

안도가 말했다.

“와타나베 아쓰토는 폭탄 테러와 무관하지?”

무관한 선을 넘어 난입자라고 해야 할 것이다.

옆에 있는 아라카와가 “엣!”하는 소리를 흘렸다.

하이타니 유즈루가 어깨를 떨면서 안도를 노려보았다.

정곡을 찌른 모양이다.

안도는 하마터면 웃음이 터져 나올 뻔했다. 분해하는 하이타니 유즈루의 표정이 우습기도 할뿐더러 지금까지 어리석게도 헛다리를 짚고 있었던 자신이 어이없었다.

줄곧 오해하고 있었다.

애당초 폭탄 테러의 주모자는 와타나베 아쓰토가 아니다.

“네놈과 고용주의 계획은 아주 단순해. 열일곱 살 소년이 자기 손으로 폭탄을 제조하고 설치해서, 두 사람 이상을 죽인다. 그 소년은 원래 사형 선고를 받아야 마땅하지만, 나이가 열일곱이라서 사형은 면한다. 사람들의 반발이 심해지고 여론이 시끄러워 급기야 소년법 개정을 거론하기에 이른다."

소년법은 미성년에 의한 잔인한 사건이 발생할 때마다 개정되었다.

열일곱 살 소년이 제 손으로 제조한 폭탄으로 테러를 일으킨다. 평일 아침의 혼잡한 신주쿠 역 플랫폼에서 폭탄이 터지면 반드시 사망자가 나올 것이다. 게다가 그 소년은 재범이다. 사건은 개정을 발의하기에 충분한 계기가 된다. 그런 계획이었을 것이다.

"그런데 실패했지. 와타나베 아쓰토의 폭파 예고 때문에 전철의 운행이 중단되어서."

신원을 밝힌 전례가 없는 범행 예고 덕분에 역내에서 사람들이 무사히 피신했다. 폭탄은 거의 아무도 없는 플랫폼에서 폭발, 기대했던 사망자는 나오지 않았다.

하이타니 유즈루가 지금까지 한 말을 통해 확신했다. 하이타니 유즈루의 입에서 와타나베 아쓰토라는 이름은 한 번도 나오지 않았지만, 둘은 협력 관계가 아니다.

와타나베 아쓰토는 살인 테러를 용인하지 않는다.

그 소년이 하이타니 유즈루 같은 나쁜 놈과 손잡을 리 없다.

"초조해진 너는 그다음 행동에 나섰어. 즉 유화수소 테러. 같이 사는 여자에게 시켰나? 그러나 그것도 실패로 끝났지. 와타나베 아쓰토의 두 번째 폭파 예고 때문에 말이야. 경찰은 엄중 경계 태세에 들어갔고, 승객들도 수상한 물건이 없는지 눈에 불을 켜고 차내를 살폈고. 그러니 무슨 수로 폭발물을 설치하고 도주할 수 있겠어."

안도가 미소를 지어 보였다.

"네놈의 계획은 와타나베 아쓰토 때문에 다 물거품이 되었어."

하이타니 유즈루가 고용주에게 어떻게 매수되고, 어떤 계약을 맺었는지는 상상이 가지 않는다.

그러나 여유 없는 하이타니 유즈루의 태도를 보면, 성공 보수가 상당했을 듯하다.

그런데 하이타니 유즈루는 무참하게 실패했다. 사망자가 없는 테러. 소년법 개정을 발의하기에는 턱없이 모자라는 사건이다.

하이타니 유즈루가 주먹으로 셔터를 쳤다.

"시끄러! 계획은 완벽했다고!"

꽥꽥 고함을 질러댄다. 분노가 끓어오르는지 입술을 파르르 떤다.

“어디서 샌 거야! 누가 와타나베 아쓰토에게 정보를 흘렸냐고! 그런 방해만 없었으면 나는 성공보수를 받고, 지금쯤 자수했을 거란 말이야! 인생을 다시 살 수 있었는데, 바로 코앞에서 다 엉망이 되어버렸어!”

하이타니 유즈루가 안도를 쏘아보았다.

“너희들은 엄벌하자는 쪽이잖아. 그럼 협력해! 어떻게든 해보라고!”

그런 다급한 마음으로 회신을 보냈을 것이다. 상당히 궁지에 몰린 눈치다.

그와 고용주가 계획한 테러는 열다섯 살 소년 때문에 무산되었다.

안도는 그가 궁지에 몰렸다는 것을 이미 알고 메일을 보낸 것이었다. 도와주겠다는 미끼를 꿰어서. 하이타니 유즈루는 틀림없이 마른 지푸라기라도 잡는 심정으로 회신을 보냈을 것이다.

안도가 속내를 비쳤다.

“내가 엄벌하자는 쪽인 건 맞아. 하지만 네놈에게 협력할 마음은 추호도 없어.”

기대가 무너졌으리라.

하이타니 유즈루가 비명 같은 소리를 지르더니 다시 버

터플라이 나이프를 움켜쥐고 안도에게 달려들었다. 닥치는 대로 찌를 기세였다.

그러나 나이프는 안도의 몸에 닿기 전에 움직임을 멈췄다.

아라카와가 하이타니 유즈루의 팔을 껴안듯 잡고 한쪽 다리를 툭 치고는 그대로 멋진 업어치기 기술을 선보였다.

하이타니 유즈루는 바닥에 나동그라지면서 나이프를 떨어뜨렸다. 아라카와는 버둥대는 하이타니 유즈루의 몸에 올라타 짓눌렀다.

안도가 얼른 나이프를 집어 들었다. 그리고 곧바로 결속밴드를 이용해 하이타니 유즈루를 포박했다. 양 팔과 양 다리를 밴드로 단단히 고정했다. 아라카와가 힘껏 짓누르고 있어 금방 끝났다. 자기 힘으로 빠져나올 수는 없을 것이다.

"고마웠어, 아라카와."

"위험했네요."

아라카와가 숨을 돌리며 말했다.

"이 자식, 지금 바로 경찰에 갖다 넘깁시다."

만에 하나의 경우에 대비해 방검 조끼를 걸치고 있었지만, 만약 찔렸다면 부위에 따라 심각한 부상을 입었을 수도 있다.

이때 비로소 아라카와를 잘 데리고 왔다고 실감했다.

"자네 말대로 경찰서에 끌고 가서, 자네의 무용담을 널리 알리고 싶지만 아직은 아니야."

그렇게 설명하자, 아라카와도 소리를 질러댔다.

"설마, 이런 범죄자를 감쌀 작정입니까?"

"녹음한 자료 가지고 회사로 돌아가. 이제부터는 나 혼자 할 거야."

선량한 행동은 아니다. 하지만 책임은 안도 혼자 질 생각이다.

아라카와는 그럴 수 없다고 고집을 부렸다.

"사건의 진상은 밝혀졌잖아요. 아쓰토 군이 폭파 예고를 한 것은 사전에 테러를 막기 위해서였다는 걸 알았잖아요. 그런데 뭘 더 조사합니까?"

안도는 고개를 옆으로 저었다.

"음. 아직 와타나베 아쓰토가 자수하지 않는 이유를 모르니까."

단순히 테러를 저지하기 위해서였다면 지금까지 숨어 있을 필요가 없다.

무언가가 있다. 무언가가 반드시.

안도는 어떻게든 도망치려고 바닥을 기며 버둥거리는 하이타니 유즈루에게 다가갔다.

그의 주머니에 손을 넣자 휴대전화가 있었다.

"얘기를 듣고 싶은 인물이 더 있어. 하이타니 유즈루의 계획을 와타나베 아쓰토에게 흘린 사람. 그 사람은 와타나베 아쓰토의 사정을 알고 있을 테지."

하이타니 유즈루는 말없이 안도를 노려본다.

어쩌면 그도 짐작 가는 사람이 있는지 모른다.

안도는 휴대전화를 아라카와에게 내밀었다. 여기서 좀 떨어진 장소에 가서 휴대전화기를 켜고 어떤 인물의 연락처를 가르쳐 달라고 지시했다. 하이타니 유즈루의 전화기를 갖고 있다가 경찰에게 꼬리를 잡혔을 경우, 어떻게 둘러댈지는 아라카와 스스로에게 맡기기로 했다.

아라카와는 잠시 망설이는 눈치였다. 안도를 빤히 쳐다본다. 그러나 이내 결심하고는 안도에게 머리를 까딱 숙이고 후다닥 뛰어나갔다.

안도는 눈을 감고 기다렸다.

하이타니 유즈루와 싸우는 동안, 사건은 뜻하지 않은 방향으로 흘러갔다.

와타나베 아쓰토가 지내는 시설 대표가 기자 회견을 연 것이다.

왜 이렇게 빨리, 하고 느꼈다. 사건의 전모는 아직 명확하게 드러나지 않았다.

안도는 현장을 동영상 사이트로 확인했다.

초로의 남자가 보도진에 둘러싸인 채, 머리를 계속 숙이고 있다. 얼굴은 하얗게 질려 마치 죽은 사람 같다.

세상의 근거 없는 비난을 더는 견디기 어려웠을 것이다. 매스컴은 와타나베 아쓰토가 지냈던 시설을 알아내고 그 주변을 돌아다니면서 세상의 관심을 이끌어냈다.

대표는 와타나베 아쓰토가 시설에서 어떻게 생활했는지를 얘기했다.

보도진이 그에게 질문을 퍼붓는다.

"다루기 어렵다고 느낀 적은 없는지요?"

"소년의 고독을 좀 더 헤아렸어야 하지 않았는지?"

"범죄의 조짐을 미리 알아차리지 못했습니까?"

그는 어떤 질문에도 식은땀을 흘리며 횡설수설 대답했다. 그가 무슨 말을 할 때마다 질문이 아니라 야유에 가까운 소리가 일었다. 카메라는 계속 시설 대표에게 초점을 맞추고 있다. 야유하는 사람들의 얼굴은 보이지 않는다.

대표는 계속되는 질문에 거의 울먹이기 시작했다.

더는 참을 수가 없었는지, 울부짖다시피 말했다.

"죄송합니다. 하지만 어느 날 갑자기 주위에서 범죄자가 생기리라는 걸, 세상 어느 누가 미리부터 생각할 수 있겠습니까?"

보도진들 사이에서 웅성거리는 소리가 나더니, 십여 명이 동시에 그 발언을 비난하는 질문을 퍼부어, 기자회견장이 난장판이 되었다.

사회자도 당황했는지 대표를 달래고는 기자회견을 끝내려고 마지막 질문을 했다.

"마지막으로 도주 중인 소년에게 하실 말씀 있나요?"

"아쓰토 군, 지금 바로 자수해. 나와 함께 피해자분들을 찾아가 사죄하자. 네가 얼마나 외로웠을지, 미처 헤아리지 못해 정말 미안하다."

아직도 보도진 사이에서 질문이 계속되었지만, 대표는 돌아서 그들을 등지고 사라졌다.

영상은 거기에서 끝났다. 댓글난에는 욕설이 이어졌다. '무책임'이라는 단어를 몇 십 개나 보고서 안도는 휴대전화를 껐다.

“와타나베 아쓰토도 이제 끝장났네.”

하이타니 유즈루가 히죽거렸다.

휴대전화에서 나는 소리를 들은 것이다.

하이타니 유즈루가 킬킬댔다.

소용없다고 포기했는지 이제는 저항하지 않는다. 이웃 주민들에게 도와 달라고 소리를 질러 봐야, 어차피 신고당해 체포될 뿐이다. 이놈은 사면초가다.

그런데 이제는 말로 도발하려 든다. 헛수고라는 걸 알면서 찔러보는 것이리라.

“평생 사람들 앞에 나서지 못하겠지. 이 몸도, 와타나베 아쓰토도 말이야. 아니지, 지금쯤 자살하지 않았나 모르겠어.”

안도는 그의 헛소리에는 대답하지 않았다.

설교나 비판의 말에 귀 기울일 상대가 아니다.

“사람이 죽고 사는 것을 아주 가볍게 얘기하는군.”

그리고 안도가 불쑥 물었다.

“너, 3년 전 사건에 대해서 어떻게 생각하지?”

하이타니 유즈루가 안도를 쏘아보았다.

“이구치 미치코 말이야?”

“이름은 기억하고 있군.”

의외였다. 세상에는 피해자의 이름조차 기억하지 못하는 가해자도 있다.

"그 사건은, 내가 잘못했다고 생각해. 거짓말 아니야. 하지만 나, 주간지에서 까발리기 전까지는 슈퍼마켓에서 성실하게 일했다고. 집에 와서 같이 자고 게임하는 친구도 생겼고. 무사히 수족관 데이트까지 간 여자도 있었어. 그 상황이 계속되었더라면, 두 번 다시 범죄에 관계하지 않았을 거야. 과거를 언제까지 들쑤셔댈 거야."

"과거라고?"

안도는 하이타니 유즈루가 한 말을 되풀이했다.

이놈에게는 과거의 일일 것이다. 그러나 안도에게는 마치 어제 일만 같다.

"나는 네놈이 교화되었다고 생각지 않아."

안도는 고개를 가로저었다.

"피해자들을 찾아가 사죄도 하지 않았잖아, 어? 여동생과 어머니는 찾아갔으면서, 한 번도 찾아가지 않았어."

"그렇다고 개인정보를 까발릴 수도 있다는 거야? 그 결과, 나는 범죄자가 될 수밖에 없었는데."

"책임 전가가 심하군. 직장을 잃었든 어떻든, 범죄가 아닌 길도 있어. 게다가, 그 기사가 아니어도 넌 범죄자가 되었을 거야."

"와타나베 아쓰토에게도 같은 말을 할 수 있겠어?"

하이타니 유즈루가 약간 경멸하는 투로 웃었다.

"내가 직장에서 쫓겨난 결과, 와타나베 아쓰토의 가족이 죽었다고."

억지스러운 논리였다. 말도 안 되는 소리라고 웃어넘기고 싶을 정도로.

그러나 말을 삼키고 말았다.

일리가 있다고 봐야 할까? 인과관계가 전혀 없다고 할 수 있을까?

"그 기사만 없었어도 와타나베 아쓰토 가족은 살아 있었다고!"

하이타니 유즈루가 고함을 질러댔다.

"그 기사를 쓴 놈. 자기가 무슨 정의의 사도라고 생각한 거야, 뭐야?"

마치 안도의 속마음을 꿰뚫어 본 듯한 말이었다.

그 기사를 쓴 사람이 안도라는 것을 이놈은 모를 텐데.

안도는 자신의 동요를 알아차리지 못하도록 입을 다물었다. 그때 셔터가 열리는 소리가 공장 안에 울렸다.

시선을 돌리자, 한 소녀가 서 있었다.

회색 긴 코트를 입은, 선이 가녀린 아이였다.

"그쪽이 안도 씨인가요?"

그녀가 물었다.

"당신 입장은 어느 쪽이죠? 우리 오빠와 적대 관계인 듯 한데."

하이타니 아즈사다.

"적어도 나는 와타나베 아쓰토를 염려하고 있어."

나는 다정하게 말했다.

그녀가 숨을 내쉬면서 어깨에서 힘을 뺐다.

그 반응으로 보아, 그녀 역시 와타나베 아쓰토에게 호의를 품고 있는 듯하다.

알지도 못하는 사람이 느닷없이 폐공장으로 나오라고 하니 경계했을 것이다. 그 점에 대해서는 미안하다.

"시간이 없어. 알고 있는 걸 모두 말해 줘. 너는 와타나베 아쓰토에 대해 어디까지 알고 있지?"

"아무것도 몰라요."

하이타니 아즈사가 고개를 옆으로 저었다.

"하지만, 그와 테러의 관계에 대해서는 내가 가장 잘 알고 있을 거예요."

그리고 차분하게 물었다.

“아쓰토를 도와주실 건가요?”

“역시 도움이 필요한 상황이군.”

하이타니 아즈사가 고개를 끄덕였다.

“그래요. 아쓰토를 도와주세요. 저는 지푸라기라도 잡는 심정으로 여기에 왔어요.”

안도, 그리고 하이타니 유즈루도 들으라는 식으로 그녀는 얘기를 꺼냈다. 앉지도 않고 선 자세 그대로.

열다섯 살의 소년이 테러리스트가 되기까지의 긴 이야기였다.

8

벤치에 드러누워 있는데, 누군가가 우산을 받쳐주었다.

눈이 그친다.

"아쓰토."

우산을 든 사람이 말을 걸었다.

"여기 그냥 있으면 죽어."

멀어져 가던 의식이 되돌아온다.

나는 천천히 상황을 되짚었다.

나는 복수를 하려고 했다. 그런데 복수는커녕, 하이타니 유즈루의 집에서 도망쳐 나오고 말았다. 그 후 눈 내리는 공원 벤치에 쓰러지듯 드러누웠다.

시선을 돌리자, 아즈사가 서 있었다.

그녀가 우산을 든 채 내 몸에 쌓인 눈을 턴다. 조그만 손으로 몇 번이나 툭툭 치면서 눈을 털어낸다. 나는 그 손에서 벗어나기 위해 벌떡 몸을 일으켰다.

그녀의 도움 따위는 필요 없다.

하이타니 유즈루의 동생에게 도움을 받고 싶지 않다.

"엄마한테 들었어."

아즈사가 말했다.

"정말, 우리 오빠의 피해자야?"

"그래. 네 오빠가 우리 가족을 죽였어."

엄마에게 다 들었을 것이다.

벤치에서 일어나 제 손으로 눈을 털어냈다. 몸이 얼음장처럼 차갑다. 어디든 따뜻한 장소에서 몸을 녹이지 않으면 감기에 걸릴 듯하다.

아즈사가 집에서 가져온 내 짐을 건네주었다. 얼른 받아 코트를 걸쳤다.

나는 아즈사에게 조그맣게 손을 흔들며 작별을 고했다.

"안심해. 우리, 두 번 다시 만날 일 없으니까."

발을 내디디려 하는데, 아즈사가 내 팔을 잡았다.

뭐야?

뿌리치려 하자, 그녀가 말했다.

"내가 협력하면 안 될까?"

협력, 이라는 단어가 바로는 이해되지 않았다.

"어쩌면 오빠와 연락이 될 수도 있어. 메일 주소를 알고 있어. 보내봐야 답장은 오지 않으니까, 아직 주소가 살아 있는지는 모르지만."

멍청하기는.

메일 주소는 도미타 히이로를 통해 이미 알고 있다.

그녀 팔을 휙 뿌리쳤다.

"모르겠군. 왜 네가 내게 협력하겠다는 거지?"

그녀는 내가 그녀 엄마에게 칼을 들이댔다는 사실도 알고 있을 것이다. 유즈루의 가족에게는 적의가 없지만, 여전히 유즈루 본인은 내 손으로 찔러버리고 싶다.

아즈사가 고개를 가만히 끄덕거렸다.

"그냥 내버려 둘 수 없어서."

웃음이 나올 뻔했다.

"뭐라는 거냐? 버려진 강아지 구하는 기분?"

아직도 상황을 이해하지 못하는 것인가.

오히려 모욕 같은 말로 느껴진다.

"이런 말은 하고 싶지 않지만, 내게 호감을 품고 있다는 거, 그거 웃기는 짓이야. 남들 보기에는 따돌림당해서 친구 하나 없는 아이가 어쩌다 만난 또래와 친해졌다고 흥분한 꼴이라고. 그게 다 연기인 줄도 모르고.”

“그런 거 아니야.”

아즈사가 소리를 질렀다.

나는 들은 척하지 않았다. 속내를 건드려 당황한 것으로밖에 보이지 않았다.

“마음 상했니? 하지만 내가 당한 고통은 그보다 몇 배도 더 돼. 미유는 죽었는데, 하이타니 유즈루의 동생은 버젓이 살아 있다니.”

스스로 생각해도 어이가 없을 만큼 가혹한 말이었다.

그러나 진심이었다.

아즈사가 학교생활을 재미난 듯 얘기할 때마다 내가 얼마나 분노에 치를 떨었는지, 그녀는 상상도 못 할 것이다.

그녀 얼굴이 당장이라도 울음을 터뜨릴 것처럼 일그러졌다.

나는 고개를 돌리고, 바로 그 자리를 떠났다.

아즈사는 협력이란 말을 아무렇지 않게 했다.

무모하다고 생각했다. 어떻게 쉬이 동의할 수 있단 말인가.

나는 눈 속을 걸으면서, 아즈사와의 관계를 정리한다.

피해자 가족과 가해자 가족. 내 동생은 죽었고, 하이타니 유즈루의 동생은 살아 있다.

필요해서 연기를 했지만, 그렇게 말로 늘어놓고 나니 그녀와 사이좋게 대화한 것마저 미유에게 사죄하고 싶어진다.

휴대전화의 전원을 켜고, 아즈사의 연락처를 삭제했다.

마지막 남은 연락처까지 사라졌다.

이제 하이타니 유즈루를 찾을 실마리도, 하이타니 유즈루 가족에게 복수할 용기도, 딱 하나 남은 친구도 사라졌다.

지금의 내게는 아무것도 없다.

역에 도착했는데, 아즈사가 기다리고 있었다.

개찰구 앞에서 사방을 노려보고 있다. 마치 문지기 같다.

집요하네, 하고 나는 중얼거렸다. 이 동네를 떠날 수 있는 교통수단은 전철밖에 없다. 걸어서 돌아갈 수 있는 거리가 아니었다. 다른 길은 없다.

어떻게 나보다 먼저 역에 도착한 거지? 순간적으로 그런 생각을 했지만, 답은 하나다.

그녀는 일부러 내게 멀리 돌아가는 길을 가르쳐준 것이다. 그 이유까지는 추리할 수 없지만.

어쩔 수 없이 개찰구로 다가갔다.

“어떻게 하면 용서를 구할 수 있는지, 가르쳐 줘.”

나는 떨쳐버리듯 손을 흔들었다.

요점이 어긋난 질문이다. 이건 어린애들 싸움이 아니다.

“용서하고 말고의 문제가 아니지. 마음이 안 풀리면 평생 괴롭힘이나 당하면서 살든지.”

그녀 옆을 지나가려 했다.

아즈사가 또 팔을 잡았다.

“그건, 싫어.”

“왜? 자기가 불쌍해서?”

조롱하듯 웃어 보였다.

내가 노골적으로 경멸하는데도 입을 꽉 다문 아즈사의 표정은 흔들리지 않았다.

“그렇게 하는 게 옳다고 생각했어. 우리는 가해자 가족이니까 행복할 수 없다고. 괴롭힘을 당하든 따돌림을 당하든 참자고. 하지만 그런다고 이구치 씨 가족이나 아쓰토를 위해 뭐가 어떻게 되는 건 아니었어. 그냥 자기만족일 뿐이지."

아즈사가 내 팔을 놓고 머리를 숙였다.

"아쓰토의 고통을 조금도 알아차리지 못해서, 미안해."

그녀 말을 되받을 말이 금방 떠오르지 않았다.

가해자 가족이 불행했으면 좋겠다고 바라는 마음은 있다. 하지만 그녀들이 정말 불행해졌다 한들, 내 인생에 무슨 의미가 있을까. 아즈사를 보면서 그런 생각을 했다.

그러나, 역시 모르겠다.

그녀가 왜 나를 돕겠다고 하는지.

"뭐야, 너 혹시 내게 반한 거냐?"

나는 빈정거리듯 말을 뱉었다.

"그래."

아즈사가 바로 인정했다.

"조금 전에 차였지만."

생각지 못한 말이었지만, 왠지 수긍이 가는 말이기도 했다.

"……그렇구나. 그럼 내가 못 할 짓을 했네……."

계산 착오였다.

나는 그녀를 그냥 친구로 대했다고 여겼다. 그런데 그녀는 아니었던 것 같다. 그녀는 나를 이성으로 보고 있었다. 우리 나이에는 오히려 그쪽이 당연하지도 모른다.

나는 그녀를 속였을 뿐만 아니라, 나를 이성으로 보는 그 마음까지 이용하고 짓밟았다.

"내 입으로 말하기 뭐하지만, 너는 내게 상당히 가혹한 짓을 했어. 내게는 첫사랑이었는데."

아즈사가 말했다.

"같은 반 아이에게 어쩔 수 없이 음료수를 사 주고, 돌아서 보니 지갑이 없어졌고, 그래서 혼자 울상을 짓고 있던 내게 말을 걸어준 사람이 아쓰토 너였어. 너랑 통화할 때가, 내 인생에서 가장 멋진 시간이었어."

그런데, 나는 배신했다. 너무도 이기적인 이유로.

처음부터 사정을 털어놓았어도, 어쩌면 그녀는 협력해 줬을지 모르는데.

그녀가 눈물을 글썽이며 간절하게 말했다.

"그래도 아쓰토는 우리 오빠 때문에 고통당하는 피해자이고, 한 번은 반했던 상대니까. 그래서 협력하고 싶다는 거야."

그 말을 하기 위해, 얼마나 고뇌했을까.

바로 대답할 수 없었다.

내게는 내 사연이 있는 것처럼, 그녀에게는 그녀 사연이 있다.

어떤 변명을 늘어놓아도, 순수하고 고독한 소녀를 속이고 이용했다는 사실은 달라지지 않는다.

나는 크게 숨을 들이쉬었다.

그런 자책감 때문이었는지, 자연스럽게 그녀 제안을 받아들일 수 있었다.

수많은 갈등을 이겨내고 다가온 그녀에 비해, 그저 격해진 감정을 토해냈을 뿐인 내가 유치하게 느껴졌다.

"……나는 하이타니 유즈루를 만나고 싶어. 우리 가족이 어떻게 살해되었는지, 그 진실을 알고 싶어. 그러다 내가 무슨 짓을 저지를지는 나도 몰라. 그래도 괜찮으면, 도와줘."

그렇게 말하자, 그녀가 살랑살랑 고개를 끄덕였다.

"그리고."

중얼거리듯 말했다.

"나쁘게 말해서 미안해."

서로에게 한 걸음 다가선 화해였다.

이렇게 나와 아즈사는 협력하는 사이가 되었다.

최악의 상태에서 시작된 사이였다.

그런데도 아즈사와 함께한 것은 하이타니 유즈루를 만날 수도 있다는 일루의 희망 때문이었다. 아즈사 또한 오빠가 저지른 사건에 속죄하려는 의미로 내게 협력했을 것이다.

그런 감정으로 간신히 이어져 있었지만, 위태로운 관계가 아닐 수 없었다.

나는 그녀 오빠를 증오하고 있다.

아즈사는 자기 마음을 가지고 논 내게 앙심을 품고 있는 듯했다.

그러니 마음이 합해질 리가 없었다. 우리는 늘 티격태격 싸웠다.

친구나 연인들이 화해를 전제로 하고 다투는 것과는 다르다. 나는 아즈사에게 대놓고 화를 내어 그녀를 울린 적도 있었다. 아즈사가 애원하는데도 아무 대꾸하지 않고 피한 적도 있었다.

나는 아즈사를 완전히 신뢰할 수는 없었다. 그녀 말이 전부 거짓말일 가능성도 있다고 생각했다. 사실은 하이타니 유즈루가 어디 있는지 알면서 내게 숨기고 있는지도 모른다고 생각했다.

그래서 일기를 보여 달라고 그녀에게 말했다.

그때, 나와 그녀가 만난 곳은 그녀 집이었다. 그녀를 만날 때면 늘 장소는 그녀 집이었다.

나의 제안에 아즈사는 고개를 가로저었다.

"미안하지만, 너에게는 보여줄 수 없어."

"이유를 물어도 될까?"

"거의 매일, 불평과 원망에 가득 찬 말만 썼어……네가 기분 상할 내용도 있어. 가해자 쪽의 오만한 말일지라도, 어딘가에 쏟아내지 않고는 견디기 어려우니까."

아즈사는 괴로운 듯이 눈을 내리깔았다.

그러나 나도 물러서지 않았다.

"네가 절대 보여주고 싶지 않다면, 억지는 부리지 않을게. 하지만 나는 하이타니 유즈루를 어떻게든 찾고 싶어. 일기에 정보가 조금이라도 있는지, 내 눈으로 확인하고 싶어."

비겁한 유도라는 자각은 있었다. 그녀가 거절하지 못하리란 걸 알고 있었다.

아즈사는 결국 알았다고 중얼거리고는 두꺼운 노트를 가져왔다.

나는 아즈사의 일기를 확인했다.

또박또박 쓴 글자가 빼곡하게 차 있었다.

그녀 말대로, 온통 불평이었다. 실제로 어떤 괴롭힘을 당했는지 속속들이 쓰여 있었다.

그녀가 얼마나 괴롭고 고통스러운 나날을 보내왔는지 알 수 있었다.

그러나 그런 일만 쓰여 있지는 않았다.

'왜 내가 이런 짓을 당해야 하는 거야?'

'오늘도 교과서를 찢겼다. 일주일째 계속.'

'나쁜 짓을 한 건 오빠인데, 왜 내가 찬물 세례를 받아야 하냐고?'

'꾹 참는다. 내 오빠가 나쁜 짓을 저질렀으니까. 그러나, 언제까지?'

그런 문장이 눈에 들어온 순간, 펄펄 끓는 마그마 같은 감정이 내 안에서 솟구쳤다. 충동을 억누를 수 없었다. 솟구친 감정을 그대로 쏟아놓을 수밖에 없었다.

"살인범 동생 주제에, 피해자인 척하지 말라고."

"찬물 세례쯤 받았다고, 뭐? 네 오빠는 훨씬 더 끔찍한 짓을 저질렀어."

내가 쏟아내는 말을 아즈사는 가만히 듣고만 있었다.

꾹 쥔 주먹을 무릎에 올려놓고 그저 듣고만 있었다. 내 입에서는 말이 계속 쏟아져 나왔다. 격앙된 감정이 전부

분출될 때까지 계속했다.

그리고 얼마나 시간이 흘렀는지 모르지만, 그녀에게 사과했다.

"그래……네 말도 맞는지 모르겠다."

남은 것은 허망함 뿐이었다.

"나는 이 일기를 보면 안 되는 거였어. 미안하다."

"네가 사과할 일이 아니지."

아즈사가 조그맣게 중얼거렸다.

그녀는 맥없는 목소리로 내게 사죄하고 또 나를 배려해주었다. 그러나 그 표정에는 상처받은 슬픔이 분명하게 어려 있었다.

스스로 뿌린 어색함을 한동안 견디는 수밖에 없었다.

그런 말다툼을 수도 없이 반복했다.

나와 아즈사 사이에는 쉽게 메워지지 않는 골이 있었다.

그런데 한 가지 잡담을 하면서 나와 아즈사의 관계가 변하기 시작했다.

하이타니 유즈루를 만날 수 있는 방법에 대해 얘기하던 때였다.

대화는 팽팽하게 평행선을 달렸고, 앞이 보이지 않는 입씨름에 머리가 아팠다. 화제를 바꾸고 싶었던 것이리라.

아즈사가 내게 물었다.

"늘 갖고 다니는 그거, 혹시 동생 거야?"

아즈사가 내 주머니를 가리켰다. 스노드롭 카드가 삐져나와 있었다.

나는 떨어지지 않게 카드를 주머니 속에 밀어 넣었다.

"전에 내가 말했었나? 동생이 내 생일에 준 꽃이야. 말라버려서 카드로 만들었어."

"……왜 말라버렸는데?"

"날씨가 더워질 무렵부터 점점 시들었어. 물도 잘 주고 비료도 줬는데."

흙도 갈아주고, 볕이 잘 드는 곳에 옮겨놓기도 했다. 동생이 마지막 준 선물이라서 소중하게 잘 키우고 싶었다. 그러나 내 바람은 이뤄지지 않았다.

내가 설명하자 아즈사가 "아니?"하고 소리를 질렀다.

그녀가 당황스러운 듯이 몸을 앞으로 내밀었다.

"아쓰토, 그거 휴면이야. 스노드롭은 구근식물이라서 해마다 마르는 게 정상이야."

고개를 갸우뚱한다.

전혀 몰랐다. 초등학교 때 나팔꽃을 키워본 후로 처음이었다.

“씨를 남기는 게 아니고?”

“응, 아니야. 그 스노드롭, 지금 어떻게 되었는데?”

“버릴 수는 없어서, 시설 마당에 그냥 내버려 두었는데.”

아즈사가 눈을 동그랗게 떴다. 마치 믿기지 않는 뭐라도 본 것처럼.

“어쩌면, 그 스노드롭, 다시 필지도 몰라.”

“뭐, 정말?”

“그래도, 돌봐 주지 않으면 정말 말라서 죽을 수도 있어. 구근이 지금 어떤 상황인지. 마당에서 비라도 맞았으면 살아 있을 수도 있는데…….”

“글쎄, 어떨지……잘 모르겠는데.”

“아무튼 돌아가면 사진 보내 줘. 봐 볼게.”

동생이 준 스노드롭이 되살아날 수도 있다.

미유의 유품. 내게는 하이타니 유즈루만큼이나 중요한 것이었다.

그날부터 우리는 매일 연락을 주고받았다.

주로 스노드롭에 대해 얘기했다.

물을 제대로 먹지 못한 스노드롭은 식물을 잘 모르는 아쓰토 눈에도 가냘팠다. 그러나 조그만 싹이 움터 있었다. 아직 죽지 않은 것이다.

아즈사는 내게 자세하게 가르쳐 주었다. 스노드롭에 맞는 흙을 고르는 방법에서 적합한 비료까지. 가드닝 지식이 전혀 없는 내게 올바른 정보를 알려 주었다.

그녀의 조언을 따라 보살피자, 스노드롭 구근이 조금씩 튼튼해졌다. 그리고 나와 아즈사도 점차 다른 얘기까지 하게 되었다. 나중에는 알고 보니 그녀와 습관적으로 대화하고 있었다.

"줄기가 많이 자랐어. 정말 꽃이 필지도 몰라."

가령 그렇게 꽃에 대해 보고하면, 아즈사는 이렇게 가르쳐 주었다.

"그럼, 이제 물을 많이 주지 않아도 되겠어."

흙이 얼거나 서리가 내렸을 때는 어떻게 하라고 가르쳐 주면, 그런 정보를 어디서 얻었느냐는 얘기를 하다가 자연스럽게 학교생활과 취미로 화제가 옮겨갔다. 아쓰토는 방송통신고 수업이 재미있고, 얼굴을 모르는 친구가 늘었다고 얘기했다. 아즈사도 고교 입시 준비와 교실에서 생긴 일을 얘기해 주었다.

그러고 보니 아즈사를 속이고 있을 때도 우리 사이에 대화가 끊긴 적은 별로 없었다. 애당초 관심사와 취미가 비슷한 것이다.

나와 아즈사 사이에 깊은 골이 있는 것은 틀림없다.

쉽게 메워지지 않을 골이다. 하지만 그 골의 이쪽과 저쪽에서 서로에게 말을 건네듯, 나와 아즈사는 조금씩 대화의 양을 늘려갔다.

아즈사의 집에 갔을 때는 늘 함께 공원을 산책했다.

그녀가 강력하게 추천했던, 화단에 조명이 비치는 공원이다. 날마다 눈에 보이는 풍경은 거의 다르지 않은데도 자연스럽게 발길이 그곳을 향했다.

아즈사는 꽃에 대해 얘기하고, 나는 잠자코 듣는다.

산책하는 길에 스노드롭 화단도 확인한다. 아직 꽃은 피지 않았다. 눈 속에서 봄이 오기를 기다리고 있다. 그 모습을 보기 위해 벤치에 앉는다.

언젠가 그 공원에서 아즈사가 물었다.

"미래에 대해서 어떻게 생각해?"

나는 그런 걸 왜 묻느냐고 되물었다.

"스노드롭은 희망의 꽃이니까. 그래서 밝은 미래 얘기도 해볼까 해서."

"희망? 전에는 죽음의 상징이라고 장난하지 않았나?"

"장난이라고?"

아즈사는 뜻밖이라는 듯이 한숨을 쉬었다.

"전에부터 생각했는데, 연기하지 않는 아쓰토는 상당히 신랄해. 처음 만났을 때는 훨씬 상냥했는데."

"나, 원래 이래."

"동생이 준 선물에 이상한 이미지를 부여한 건 사과할게. 아무튼 희망을 얘기하고 싶어."

"희망에 찬 미래 얘기라."

잔혹한 말이다. 우울하게 한숨을 쉬었다.

미유가 잃어버린 미래를 나 혼자 살아야 하는데, 어떻게 밝을 수 있을까.

"그래서, 아즈사는 무슨 생각 있어?"

그녀가 고개를 내저었다.

"지금은 아무 생각도 할 수 없어. 그냥 오빠가 지은 죄에 휘둘리면서 사는 것밖에 없는데 뭐."

"먼저 하자고 해놓고서, 아무 생각이 없다니."

"또 신랄하게 나오네. 아쓰토는?"

"……나도 그래. 상상이 안 돼, 미래에 대해서는."

그렇게 대답하자, 아즈사는 똑같다며 놀랐다.

"그래, 아무 생각도 할 수 없어."

나는 아즈사가 한 말을 반복했다.

그러나 거짓말이었다.

사실은, 정해져 있었다. 오래전부터 각오한 일이다.

죄에는 벌을.

하이타니 유즈루를 찔러 죽이고 나도 죽는다. 나의 미래는 그렇게 정해져 있다.

그런 내 생각을 모르는 채 아즈사는 생글거리며 말했다.

"언젠가는 얘기할 수 있으면 좋겠네. 언젠가 모든 게 정리되면, 둘이서 느긋하게."

아즈사는 마치 꿈을 꾸듯 말했다.

그때의 장소는 이 벤치가 되리라.

흐드러지게 핀 스노드롭 앞에서, 우리는 후련한 표정으로 미래를 얘기한다.

"그러게. 그게 세상 사람들이 말하는 행복인지도 모르겠다."

나는 무의식적으로 그렇게 말했다.

그 말이 거짓이었는지, 진심이었는지는 스스로도 몰랐다.

"그럼, 우리 약속하자. 둘이 같이 가기로, 그 장소까지."

그녀가 미소 지으며 말했다.

그녀의 재촉에 떠밀려, 나는 애매하게 고개를 끄덕였다.
왠지 거부하고 싶지 않았다.

……

그날부터 나는 이뤄지지 않을 몽상을 하게 되었다.
나와 아즈사는 하이타니 유즈루를 만나, 그에게서 납득이 갈 만한 설명을 듣는다. 더불어 사죄와 반성의 말도. 절대 용서할 수 없지만, 그래도 나는 분노를 극복한다. 또는 아즈사 가족이 용납할 수 있는 최대한의 복수를 실행한다. 하이타니 유즈루는 부모의 감시하에 다시 한번 갱생을 위해 새 생활을 시작한다. 복수를 마친 나와 오빠를 새 사람으로 만드는 데 성공한 아즈사는 이번에야말로 평범한 친구 사이가 된다. 나는 죽지 않고, 아즈사와 함께 미래의 꿈을 얘기한다.
그런 생각에 젖어 있다가도 이성이 불쑥 외쳤다.
"절대 있을 수 없어!"
가해자의 동생과 내가 친구가 되다니, 절대 있을 수 없는 일이다.
그러나 한편, 절대 잊지 못할 발상이었다. 긴장을 풀면

문득 머리를 스치는 너무도 비현실적인 몽상이었다.

다만 그런 나의 몽상은 근본적으로 잘못되어 있었다.

우리는 하이타니 유즈루를 만나, 다 같이 지옥으로 떨어졌으니까.

……

결론부터 말하면, 우리는 하이타니 유즈루와 연락이 닿았다.

아즈사의 메일로 하이타니 유즈루에게 계속 메일을 보냈다.

'수상한 남자가 집 주위를 서성거리고 있다.'

'도미타 히이로에 관한 진상을 알고 있다면서 협박한 사람이 있었다.'

'직접 만나서 얘기하고 싶다.'

모두 그때그때 내키는 대로 쓴 글이었다.

그런데 어느 날, 답장이 왔다.

12월 하순, 아즈사가 하이타니 유즈루를 만났다.

그는 양심은 있었는지 엄마와의 대면은 거부했다.

신주쿠 역 근처에 있는 가라오케 가게에서 남매는 1년 반 만에 재회했다.

아즈사는 휴대전화를 켜놓고, 나는 옆방에서 그들의 대화를 도청한다.

기회를 봐서 두 사람이 있는 방으로 난입한다. 하이타니 유즈루에게 사건의 진상을 따지기 위해서다. 필요하면 칼을 들이대고 협박한다.

그런 계획이었다.

그런데, 하이타이 유즈루가 입을 연 순간, 상황이 갑자기 변했다.

“아즈사, 나, 신주쿠 역을 폭파할 거야.”

하이타니 유즈루는 일방적으로 말을 늘어놓았다.

자신이 폭탄 테러를 일으킨다는 것.

형무소에 가겠지만, 사형은 면한다는 것.

소년법을 바꾸기 위한 테러라는 것.

와타나베 아쓰토 가족은 그 계획의 일부가 노출되었기 때문에 죽일 수밖에 없었다는 것.

보수는 자기만 아는 장소에 보관했다가 출소 후에 자유롭게 사용할 수 있으며, 그 돈으로 유유자적하게 사는 미래가 기다리고 있다는 것.

"가족에게는 피해가 가겠지만, 참아 냈으면 좋겠다. 가족이 함께 사는 날이 꼭 올 테니까."

하이타니 유즈루는 아즈사에게 그렇게 말했다.

너무도 어이없고 황당무계한 얘기였다.

만약 하이타니 유즈루가 아닌 사람이 그런 말을 했다면, 웃어넘겼을 것이다.

그러나 농담으로 하는 소리 같지 않았다. 조만간 폭탄 테러 사건이 생길 수도 있었다.

하이타니 유즈루와 직접 대면을 하느니 마느니 할 때가 아니었다.

……

그렇다, 우리는 아무것도 몰랐다.

우리 가족은 보다 원대한 계획의 일부에 휘말린 것에 불과했다.

……

하이타니 유즈루가 사라지자 아즈사는 곧바로 경찰서에

전화를 걸어, 전화를 받은 경관에게 하이타니 유즈루의 계획을 전부 알렸다.

상대는 처음에는 침착하게 얘기를 들어 주었다.

그런데 도중부터 대꾸하는 목소리가 달라졌다. 의심하고 어이없어 하더니 마지막에는 귀찮아하는 목소리까지 섞였다.

그녀 얘기를 믿을 수 없었던 것이다.

냉정하게 생각해 보면, 당연한 반응이다. 안 그래도 믿기 어려운데, 전화를 걸어 신고한 아이는 열다섯 살이다. 참고인 조사를 하려고 해도 하이타니 유즈루의 현주소를 모른다. 실마리가 전혀 없다. 범행일시도 모른다. 경찰이 움직일 리 없었다. 결국 그대로 통화는 끝났다. 나는 하이타니 유즈루를 미행해서 지금 사는 곳을 확인했어야만 했다.

장난전화로 여겨졌는지도 모른다.

경찰을 움직이기에는 정보가 너무 적다. 기대할 수 없다.

우리가 직접 하이타니 유즈루를 찾는 수밖에 없었다.

일주일 동안, 우리는 신주쿠 역 주변을 돌아다녔다. 수업도 듣지 않고 도쿄를 돌아다녔다. 하이타니 유즈루는 신주쿠와 통하는 곳에 살고 있다. 우리가 가진 정보는 그뿐이었다. 가나가와일지도 모르고, 사이타마일지도 몰랐다.

불가능하다는 것은 알고 있었다.

하지만 우리는 그만둘 수 없었다.

우리 몸을 움직인 것은 소소한 정의감.

사람이 죽는다, 우리처럼 고통을 겪게 될 사람이 생긴다.

이성이 아니라 본능이 알고 있었다.

벌어져서는 안 되는 일이 벌어질 수도 있다.

그런 미래를 생각하면, 저도 모르게 발이 움직였다.

"아쓰토는 이제 그만 됐어."

세상은 연말이라고 떠들썩한데, 우리는 테러리스트를 찾느라 동분서주하고 있었다.

신주쿠 역 계단에서 오가는 사람들을 내려다보고 있는데, 아즈사가 그렇게 말했다.

"무슨 뜻이야?"

"말 그대로지. 이제 그만하라고."

아즈사가 미소 지었다. 마치 뭔가를 축하하는 것처럼.

"그렇잖아. 이제 네 소원이 다 이뤄질 텐데."

소원?

이 상황에 뭐가 이뤄진다는 거지?

"생각해 봐. 테러 규모가 상당히 클 거야. 오빠는 형무소에 가고, 엄마랑 나는 매스컴에 쫓기는 신세가 되겠지. 너의 소중한 사람들을 앗아간 가해자 가족 모두가 비참한 말로를 걷게 돼. 사건을 계기로 네가 증오하는 소년법도 바뀔 테고. 안 그래? 너의 소원이 전부 이뤄지는 거잖아."

"아니, 내가 바라는 건……."

나는 말이 막혔다. 옳은 답이 생각나지 않았다. 지금 나의 바람은?

아즈사의 말이 맞다. 내가 테러를 막아야 하는 이유는 무엇인가? 알지도 못하는 사람들을 희생시키고 싶지 않아서? 그런 영웅 같은 충동에 눈을 뜬 것인가?

내 손으로 죄를 범하지 않고 복수를 달성한다.

아무것도 잃지 않으면서 모든 소원을 이룰 수 있다.

"예전 같으면 좋아했을 결말이잖아? 없었던 일로 하면 돼. 나를 만난 것까지 전부."

"……없었던 일로 할 수는 없지."

"알아."

뭐가 우스운지 아즈사가 웃었다.

"그래도 너는 이제 우리 오빠를 찾아다닐 필요 없어. 이유가 없는걸. 혹시 누가 알아보면, 너까지 우리 가족 편이라고 여겨질 수도 있어."

아즈사가 손을 흔들고는 걸어갔다.

"그럼, 안녕."

나는 그녀 뒤를 쫓지 못했다.

저만치 가는 아즈사의 등이 아주 작아 보였다. 달려가 말을 걸고 싶은데, 거친 숨만 나올 뿐이다. 아즈사는 한 번 돌아보지도 않고 계속 걸어갔다.

결국 쫓아가지 못했다.

나도 모르게, 늘 오던 장소에 와 있다.

가족이 함께 살았던 집의 흔적. 나무에 에워싸여 모든 빛이 차단된 마당 한 구석.

해가 기울어 거의 칠흑 같은 어둠 속에서 나는 생각에 잠긴다.

그곳에서 나는 한 다큐멘터리 영상을 보았다.

인터넷에서 '가해자 가족'을 검색해 찾은 영상이다.

흉악한 사건의 가해자 가족 이야기다. 살인을 저지른 남자에게 여동생이 있었다. 그녀는 사건 이후 매스컴에 쫓겨 직장과 주거지를 옮겨 다닌다. 간신히 일자리를 찾고 한 남자와 사랑하는 사이가 되었지만, 상대방 가족은 그녀가 범죄자의 동생이라는 사실을 알고 결혼을 반대한다. 두 사람 사이는 나빠지고 결국 헤어진다. 그녀는 끝내 자살을 생각하게 된다.

비통한 목소리로 가해자의 동생이 외쳤다.

"가해자는 형무소에서 보호해 줍니다. 그러나 가해자의 가족은 사회의 온갖 사람들에게 가시 같은 눈총을 받고 살아야 해요."

불현듯 그 여자와 아즈사의 얼굴이 겹쳐졌다. 하이타니 유즈루가 체포된 후, 무수한 보도진에 에워싸인 그녀 모습이다.

다큐멘터리의 마지막에 가해자의 여동생은 끝내 자살을 선택한다. 애처로운 엔딩 음악이 흐르면서 영상은 끝났다.

내가 원하는 결말이 이런 것일까?

정말?

그런 의문을 짓뭉개듯, 또 무수한 '목소리'가 머릿속에서 메아리쳤다.

"가해자를 용서하면 안 된다! 가족도 마찬가지다. 다 묶

어서 매달아라!”

나를 줄곧 지탱해 왔던 말.

두 가지 환청이 뇌리에서 계속 울렸다.

결단을 내려야 했다.

나 자신의 행복을, 내가 수긍할 수 있는 결말을, 나 스스로 선택해야 한다.

다만, 방침은 정해져 있었다. 나는 결정을 빨리 내린다.

그거 하나가 유일한 자랑거리다.

계속해 움직이는 것.

두 번 다시 움직일 수 없는 동생 몫까지.

며칠을 고민한 끝에, 아즈사에게 간단한 제안을 했다.

하이타니 유즈루에게 다음과 같은 메일을 보내 주면 좋겠다고.

‘도쿄에는 친구도 많으니까, 테러 결행 날짜를 꼭 가르쳐 달라. 나를 믿을 수 없으면 바로 직전에라도.’

아즈사는 이해가 안 된다는 표정을 지었다.

“마지막 문장은 필요 없지 않아? 직전에 알아서 뭐 하게? 아무것도 할 수 없는데?”

"경찰에 신고하면, 움직여 줄지도 모르잖아."

"신주쿠 역을 지나는 전철을 전부 운행 중단하고, 역에서 사람들을 피신시킨단 말이야? 우리의 신고만으로?"

절대 그럴 리 없다는 식이었다.

솔직히, 나도 같은 생각이다.

전 세계의 제아무리 뛰어난 경찰도 열다섯 살짜리 우리의 신고에 귀 기울이지 않을 것이다. 역에 수상한 물건이 있는지 그 정도는 조사할 수도 있지만 사람들을 피신시키는 것까지는 상상하기 어렵다. 신주쿠 역에는 늘 몇 만 명이나 되는 사람들이 오간다.

그냥 신고하는 정도로는 안 된다.

머릿속에 한 가지 계획이 있었지만, 아즈사에게는 말하지 않았다.

"그래, 알았어. 하는 데까지 해보지 뭐."

아즈사는 그렇게 말하고는 메일을 보냈다.

"아무튼 사전에 발견하는 게 중요하겠지. 나는 오빠를 계속 찾을게. 찾으면 주먹질을 해서라도 잡을게."

그녀는 신주쿠 거리로 사라졌다.

아마도 찾지 못할 것이다. 그리고 하이타니 유즈루는 폭탄 테러에 성공할 것이다. 열심히 움직인 우리의 노력이 허망하게. 가족이 어떤 말로를 걷게 될지 모르는 채.

1월 초순, 아즈사에게 같이 성묘를 가자고 했다.

그녀는 조금이라도 더 오빠를 찾아보고 싶은 눈치였지만, 내가 강력하게 주장하자 마지못해 응했다. 이대로 계속 거리를 돌아다녀 봐야 하이타니 유즈루를 찾을 가망이 없다. 그러기 전에 그녀가 쓰러질 수도 있다.

아즈사는 수면부족과 피로가 겹쳐 살이 쏙 빠졌다. 불안해서 잠도 못 잔다고 한다. 경치가 좋은 곳에 데리고 가서 기분전환을 시켜주고 싶은 마음도 있었다.

"괜찮은 거야?"

가는 길에 그녀가 물었다.

"성묘 가는 거, 피해자 가족이 용납할 것 같지 않은데."

그 말을 듣고서, 깨달았다.

만약 상대가 하이타니 유즈루거나 도미타 히이로였다면, 절대 용납하지 않았을 것이다.

쾌청한 날이었다. 하늘은 구름 한 점 없이 맑고 파랬다.

나는 비석 앞에 서서, 아즈사에 대해 설명했다. 복수하겠다고 맹세한 상대의 여동생을 소개하다니, 무덤에 잠든 가족은 기가 찰지도 모르겠다. 혹은 화를 낼지도.

아즈사는 말없이 두 손을 모으고 있었다. 그녀 가슴 속은 그녀 자신밖에 모른다. 그러나 땅에 무릎을 꿇고 등을 꼿꼿이 편 모습이 불쾌하지 않았다.

"아즈사에게 하고 싶은 하는 말이 있어."

나는 그녀에게 말했다.

"뭔데?"

나는 비석을 어루만지며 생각했다. 지금 내가 하려는 말을 가족은 어떻게 생각할까?

"가족을 잃고 슬픔의 나락에 빠져 있을 때, '목소리'가 내 힘이 되어 주었어. 도미타 히이로 방화 사건 기사에 사람들이 무수한 댓글을 달았지. 소년법은 너무 처벌이 가볍다, 가해자 가족도 형무소에 처넣어라, 소년법의 보호를 받는 가해자를 용서해서는 안 된다. 그런 목소리들 전부, 고마웠어. 내 기분을 대변해 주는 것 같아서. 지금까지 나는 그 '목소리'에 매달려 움직여 왔어."

그러나 돌이켜 보면 나는 그 '목소리'에 좌지우지되며 움직였는지도 모른다. 그게 내가 의지할 수 있는 전부였으니까.

"그런데 그 '목소리'에 다른 면도 있다는 생각이 들었어. '소년법은 처벌이 가볍다'는 정보를 믿은 도미타 히이로는 별거 아니라는 생각으로 방화를 저질렀지. '가해자 가족도 처벌하라'는 목소리는 아즈사를 궁지로 몰았고, 하이타이 유즈루는 가족과 따로 살아야 했어. '가해자를 용서하지 말라'며 유즈루를 원망했던 사람은 주간지에 실린 기사를 빌미로 하이타이 유즈루의 생활을 파괴했고, 그는 새 삶을 살 수 없게 되었어."

물론 결과를 놓고 껴 맞춘 억지 해석이었다.

도미타 히이로는 떠도는 정보와 무관하게 죄를 저질렀을 수도 있고, 하이타니 유즈루는 가족과 같이 살고 주간지가 그를 건드리지 않았어도, 다시 범죄의 길에 빠졌을 수도 있다.

그리고 조금이라도 상황이 달랐다면, 미유는 지금 살아 있을지도 모른다. 그런 생각이 든 순간, 내 안에서 무언가가 무너졌다.

"멋대로 왜곡한 정보를 퍼뜨리고, 무책임하게 가해자를 궁지로 모는 '목소리'가 없었더라면, 미유는 죽지 않았을 거란 생각이 머리를 떠나지 않아. 그러니까 내가 정말 증오해야 하는 건 사실 그 '목소리'이지 않나 싶어."

"뭐? 아쓰토, 그 말은 유즈루나 도미타 히이로를……."

놀라 소리를 지르는 아즈사의 말을 막고, 아쓰토가 계속 말했다.

"알아. 그들을 옹호할 마음은 절대 없고, 그들이 나쁜 사람이란 사실도 변함없어. 하지만 그들을 증오하는 목소리가 내게는 큰 힘이었기 때문에 복잡한 거야! 그래서 갈등하는 거라고! 그래도 이거 하나는 분명하게 말할 수 있어."

나는 비석을 어루만지면서 말했다.

"나는, 그 테러를 용납할 수 없어."

나와 무슨 이해관계가 있는지, 그런 문제가 아니었다.

신념에 위반되느냐 아니냐의 문제다.

"하이타니 유즈루를 고용한 사람은 그 '목소리'로 법률을 바꾸려 하고 있어. 충격적인 사건을 일으켜서 여론을 부추겨 억지로 법을 바꾸려 하고 있다고. 그건 옳지 않아. 우리 가족을 앗아간 사건이 이렇게 엉뚱한 결과를 낳다니, 내가 어떻게 인정할 수 있겠어!"

그리고 아즈사에게 가장 전하고 싶은 말을 했다.

"아즈사, 난 이 테러와 싸울 거야. 그걸 알리고 싶었어."

이 결의를 표명하기 위해, 가족의 산소에 온 것이다.

그 과정에서, 내가 두려움에 쫓겨 도망치지 않도록 가족 앞에서 굳게 맹세해야 했다.

아즈사는 이해가 잘 안되는지, 눈만 깜박거리고 있다.

우리는 한동안 마주 보고 있었다.

"있지, 아쓰토."

아즈사가 내 손을 내려다보며 말했다.

"너, 손을 떨고 있어."

비석을 어루만지는 자신의 손을 보자, 쓴웃음이 나왔다. 무의식적이었지만, 부들부들 떨고 있었다. 손톱과 돌이 부딪쳐 소리가 난다.

있는 용기, 없는 용기를 모두 쥐어짠다.

"그냥 좀 무서워서 그래. 괜찮아."

"왜? 뭐가 무서운데?"

아즈사가 물었다.

"아쓰토, 대체 뭘 하려는 건데?"

나는 그녀 질문에 대답하지 않았다. 뻔히 반대할 테니까.

어리석은 행동이라는 것은 알고 있었다. 이렇게 떨리는 손이 그 증거다.

하지만 나는 앞으로 나아가기로 결심했다.

이게 최선이야, 하고 나는 속으로 중얼거렸다.

고용주의 계획을 저지하고 싶다. 아즈사를 지키고 싶다. 그러기 위해서는 하이타니 유즈루가 누군가를 죽이게 해서는 안 된다. 조금이라도 그 가능성을 줄이려면, 최대한 많은 사람들을 신속하게 피신시켜야 한다. 그냥 신고를 해서는 소용없다. 보다 영향력이 크고 임팩트가 있는 방법을 취해야 한다.

모든 걸 날려버릴 거야. 폭탄이 터지는 충격만큼의 충격으로.

무모한 계획도, 무책임한 말장난도, 전부 날려버린다.
그러기 위해서는 뭐든 할 수 있다.
타인의 테러를 가로채는, 그런 무모한 행위라도.

9

하이타니 아즈사가 말을 끝낸 듯하다. 가방에서 페트병을 꺼내 물을 마신다.

안도는 아무 말도 할 수 없었다.

하이타니 아즈사와 와타나베 아쓰토가 만나고, 아쓰토가 복수에 실패하면서 시작된 둘의 교류와 폭파 예고 영상을 올리기까지의 이야기였다.

“폭탄 테러 직전에 오빠가 그 내용을 자세하게 알려 주었어요. 나는 아쓰토에게 연락하고 경찰에도 신고하려고 했지만, 한발 앞서 아쓰토가 폭파 예고 영상을 인터넷에 올린 거예요. 그다음 일은 얘기하지 않아도 되겠죠.”

안도는 고개를 끄덕였다.

와타나베 아쓰토가 의도한 대로 전철은 전면 운행이 중단되었고, 사망자가 발생하는 대참사는 모면했다. 그 대신 와타나베 아쓰토는 대중에게 테러리스트로 각인되었다.

얘기를 다 들은 안도가 한 가지 궁금했던 것을 물었다.

"네 가방에 든 그거, 혹시?"

그녀가 손에 든 가방에서 언뜻 노트가 보였다.

"아."

아즈사는 부끄러운 듯 가방을 끌어안았다.

"혹시, 네가 얘기했던 그 일기니?"

"네, 맞아요. 오빠에게 보여 주려고 가지고 다녔어요."

안도는 그렇구나, 하면서 고개를 끄덕이고는 결례라는 것을 알면서도 다시 물었다.

"나도 읽어볼 수 있을까?"

하이타니 아즈사가 눈을 크게 떴다.

"왜요?"

"와타나베 아쓰토의 마음을 바꾼 계기는 아마 그 일기였을 거야. 그래서 확인하고 싶어."

잠시 망설이다가 하이타니 아즈사는 가방을 열고 노트를 꺼냈다.

세 권이나 되는 두툼한 노트에 꽉 차게 글이 쓰여 있었다.

'아침에 일어나서 보니까, 내가 키우는 시클라멘 화분이 엉망이 되어 있었다.'

제일 먼저 그 문장이 눈에 들어왔다.

'오빠 기사가 실린 후로 계속 이런 일이 생긴다. ……내 화단의 꽃은 이제 전멸했다.'

백 장짜리 노트 세 권에 글자가 가득하다.

거기에는 소녀의 무겁고 고통에 찬 일상이 있었다.

'전부 어쩔 수 없는 일이다. 나 자신에게 그렇게 말한다. 나는 괴롭힘을 당해도 어쩔 수 없다.'

'급식에 쓰레기가 섞여 있었다. 이 일도 나와 내 오빠 탓이다.'

'오빠의 옛날 사진을 찢어버렸다. 이제 옛날의 오빠는 없다. 나를 지켜주던 오빠는 없다.'

'오빠를 막지 못한 우리 가족 잘못이 크다. 그래도, 우리는 오빠에게 얻어맞으면서도 있는 힘을 다해 병원에 데려갔는데……아무도 알아주지 않는다.'

'오빠가 겨우 정신을 차렸다. 이제 사람을 때리지 않는다. 그런데 그 기사 때문에 모든 것이 물거품이 되었다. 엄마는 분해서 눈물만 흘린다.'

안도는 무릎이 떨려 왔다.

그녀도 인정했듯이 모든 원인은 하이타니 유즈루다. 그리고 그를 막지 못한 가족에게도 일말의 원인은 있다. 일기로 봐서, 아즈사도 그 점을 인정하고 있다. 하지만 그렇게 인정하고도 해소되지 않는 감정이 드러나 있었다.

만약 안도의 그 기사가 없었더라면.

세상이 조금이라도 자신들의 고통을 이해해 줬더라면.

하이타니 아즈사는 오빠를 원망하고, 과거의 자신을 후회하고, 피해자에게 사과하면서도, 그런 생각을 하지 않을 수 없었다.

그 속마음을 주위에 호소한 적도 있는 듯하다. 오빠가 나쁜 짓을 했지만, 그렇다고 내가 괴롭힘을 당할 이유는 없다고. 그러나 그 탓에 더욱 강한 반발을 샀고, 괴롭힘과 따돌림만 과격해졌다.

학교 선생도 도와주지 않았다. 왜냐하면 그들 역시 하이타니 유즈루의 피해자였기 때문이다. 그들은 학교에서 난동을 피우는 유즈루를 붙잡아 달래고, 때로 얻어맞으면서도 바로 경찰에 신고하지 못했다. 그런 울분도 있었을 것이다.

하이타니 아즈사는 매일 죽고 싶은 심정을 억누르면서 학교에 다녔다.

그녀는 최대한 좋은 고등학교에 진학해야 했다. 연봉이 높은 회사에 취직하려면 그렇다. 하이타니 유즈루가 저지른 범죄의 배상금이 3천 7백만 엔. 그녀는 이사나 전학을 선택할 수 없다. 그런 돈이 있으면 조금이라도 피해자에게 배상해야 한다. 그것이 그녀와 엄마가 치를 수 있는 죄의 대가였다.

"오해하지 마세요."

하이타니 아즈사가 말했다.

"이 일기는 어디까지나 오빠에게 보이기 위한 거예요. 피해자분들의 고통을 가볍게 여길 마음은 없어요. 오빠가 저지른 죄는 크고, 가족에게도 책임이 있다는 감정은 이해하고, 비난도 감수할 거예요."

낮고 무거운 목소리였다.

"다만, 우리 같은 가해자 가족도 매일 숨을 쉬고, 생활해 나가야 해요. 세상 사람들에게는 그 사실이 불쾌하겠지만, 그리고 이렇게 노트에 검은 속마음을 털어놓는 일도 있어요."

때로는 또박또박, 때로는 어지럽게 날려 쓴 일기를 다시 들여다본다.

와타나베 아쓰토는 이 일기를 꼼꼼하게 읽었을지도 모른다. 그는 하이타니 아즈사의 영향으로 무책임하게 가해자 가족을 학대하는 사람들도 증오하게 되었을 것이다.

안도는 숨을 쉬기가 힘겨웠다.

"너와 와타나베 아쓰토의 지금까지의 얘기, 잘 알겠어. 나도 한 가지 밝힐 게 있군."

"뭔데요?"

"2년 전에 하이타니 유즈루를 힘들게 만든 기사를 쓴 사람, 사실은 나야. 하이타니 유즈루가 살해한 사람은, 나의 연인이었고. 도저히 용서할 수 없었어. 미안해."

안도는 머리를 숙였다.

계속 옆에서 듣고 있던 하이타니 유즈루가 신음을 내질렀다.

안도가 머리를 들자, 하이타니 아즈사는 두 손으로 입을 누르고 있었다. 울먹이는 표정으로 고개를 잘게 옆으로 흔든다.

"왜, 그걸 밝히는 거예요?"

"이해해 줬으면 해서. 사람을 죽인 하이타니 유즈루가 버젓이 살아가는 현실을 용납할 수 없었어. 너희들, 가해자 가족은 불합리하다고 느끼겠지. 그러나 피해자 쪽이 느끼는 불합리함은 더 커. 가해자에게 갱생할 기회를 준다는 걸, 도저히 용서할 수 없을 만큼 괴로웠어. 하이타니 유즈루가 저지른 죄의 무게는 그런 것까지 다 포함해야 하는 거야."

안도는 하이타니 아즈사의 눈을 보면서 말했다.

"말 안 해도 알겠지만, 그 점을 잊지 않았으면 좋겠군."

"……알겠습니다."

하이타니 아즈사가 고개를 끄덕이며 대답했다. 말로만 동의하는 눈치는 아니었다. 와타나베 아쓰토와 교류하면서 지겹도록 보아 온 현실일 것이다.

"물론, 나도 경솔했어. 이런 말이 너희 둘에 대한 사죄는 되지 않겠지만, 나도 와타나베 아쓰토를 돕고 싶군."

안도가 의사를 묻자, 하이타니 아즈사가 머리를 숙였다.

"고맙습니다. 솔직히 그 부탁을 하려고 왔어요."

그녀가 힘찬 목소리로 대답했다.

그렇다면 바로 행동에 들어가야 한다. 지금 이러고 있는 사이에 와타나베 아쓰토가 체포되면, 진실이 어떻게 왜곡될지 알 수 없다.

안도는 하이타니 유즈루에게 다가섰다. 소년은 바닥에 나뒹군 채, 자기 동생을 노려보고 있다. 그의 눈앞에 휴대전화를 내려놓았다.

당장 확인할 일이 있었다.

"고용주에게 한 번 전화를 했다고 했지? 그 목소리, 이 남자였나?"

안도는 휴대전화의 화면에 한 영상을 띄웠다. 어떤 인물의 강연 장면이다.

하이타니 유즈루의 입술이 약간 움직였다. 짐작이 가는 듯하다.

"말할 수 없어."

그가 눈을 꾹 감고 말했다. 쉽게 불지 않을 것 같다.

그러나 쓸데없는 충성심이다. 이 남자는 한 가지 오해를 하고 있다.

"그런데 말이야, 네놈이 뭘 모르는 것 같아서 하는 말인데. 테러가 성공했다 치자. 네놈 말대로 사형판결은 내리지 않고, 무기징역형을 받겠지. 그런데 몇 년 지나면 출소할 수 있다고 생각하지?"

하이타니 유즈루가 눈썹을 찡그렸다.

"7년 지나면 가석방, 아니야……?"

"고용주가 그렇게 말했나?"

하이타니 유즈루는 그렇다면서 고개를 약간 끄덕였다.

소년법 제58조(현재 우리나라 소년법에서는 59조, 65조에 해당). 소년범죄의 경우, 무기형을 받더라도 7년(우리나라는 5년)이 지나면 가석방될 수 있다. 보다 자세한 지식이 없는 상태에서 그 부분만 읽으면, 그대로 믿기 쉽다.

안도는 고개를 내저었다.

"당연히 아니지. 실제로는 그렇게 가볍지 않아. 사형에서 무기형으로 형량이 완화된 경우는 그 규정이 적용되지 않는다고. 아무리 빨라도 15년은 걸려. 최악의 경우에는 평생을 형무소에서 썩을 수도 있고."

하이타니 유즈루의 마른 입술이 달싹거렸다.

"평생……."

"역시 모르고 있었군."

왜? 하고 소리를 내지르고 싶었다. 도미타 히이로도 그렇고 왜 이렇게 살인을 가볍게 여기는 것인가.

"너는 고용주에게 속은 거야. 네놈이 도미타 히이로의 무지를 이용한 것처럼, 고용주도 네놈의 무지를 이용한 거지."

하이타니 유즈루가 그 사실을 뒤늦게 알고 고용주를 고발하려고 할쯤에는 이미 경찰의 취조가 끝났을 것이다. 두 번이고 세 번이고 뒤바뀌는 증언 따위는 아무도 상대해 주지 않는다. 고용주는 체포되지 않고, 하이타니 유즈루는 모든 죄를 혼자 뒤집어쓰고 평생을 형무소에게 보낸다.

"하이타니 유즈루, 이래도 고용주를 비호할 거냐?"

하이타니 유즈루가 얼이 빠진 것처럼 입을 쩍 벌린다.

이래도 불지 않으면 협박하는 수밖에 없다. 안도는 하이타니 유즈루에게 뺏은 나이프를 꺼내 칼날을 들이대며 재촉했다.

"빨리 대답해."

"……그 남자야."

하이타니 유즈루가 분한 듯이 웅얼거렸다.

"틀림없어. 그 영상에서 강연하는 남자 목소리 맞아."

설마 했는데, 역시, 그 남자다.

예상한 일이었지만, 경악스러웠다.

사건 직후의 말투로 의심은 했지만, 설마 사건의 배후였다니.

안도는 하이타니 유즈루의 볼에 나이프의 등을 들이댔다.

등이 아니라 날 쪽을 들이대고 싶은 욕구를 아슬아슬하게 참았다.

"마음에 들지 않지만, 너는 중요한 참고인이니까 죽이지는 않겠어. 형무소에 들어가 반성해."

하이타니 유즈루는 분을 못 참겠다는 듯이 소리를 질렀다. 마치 들짐승의 포효 같은 소리다.

"겨, 경찰에 바로 알려요."

하이타니 아즈사가 다급하게 말했다.

"고용주가 누군지 알았으니까, 아쓰토를 구할 수 있잖아요."

그녀에게는 더없는 낭보였을 것이다. 흥분해서 말이 빨라진다.

안도는 나이프를 거두면서 그녀를 진정시켰다.

"아니, 결정적인 증거가 없어. 우리보다 발언권이 센 사람이 이 사실을 공표하는 편이 좋겠어."

지금은 목소리가 비슷하다는 하이타니 유즈루의 진술뿐

이다. 경찰에 신고해 봐야 증거불충분으로 기소는커녕 보도도 되지 않을 수 있다. 와타나베 아쓰토의 결백을 증명하려면 앞으로 많은 시간이 필요할 것이다. 그러나 신고보다 훨씬 효과적인 방법이 있다.

"발언권, 이라고요?"

하이타니 아즈사가 같은 말을 반복하고는 손으로 입을 꾹 눌렀다. 그러다 이내 알아차린 듯하다.

"와타나베 아쓰토."

안도는 고개를 끄덕여 보였다. 그가 발언한다면, 전국 각지로 파문이 퍼질 것이다.

안도는 그 사실에 소름이 돋을 듯한 흥분을 느꼈다.

열다섯 살의 테러리스트가 자신을 절벽으로 내몬 배후와 직접 싸운다.

온 나라를 떠들썩하게 했던 테러가 그 막을 내릴 날이 다가왔다.

10

신기하지만, 피해 다니는 생활이 그렇게 나쁘지는 않았다.

테러리스트도 추억은 만들 수 있다.

......

우리는 폐차에 몸을 숨기고 있었다. 강가를 뛰면서 버려진 차를 미리 봐두었다.

차 문을 지렛대로 비틀어 열고 안에 숨었다. 차창을 천으로 가리자 은닉처가 마련되었다. 곰팡이와 먼지 냄새가

코를 찌르고, 밤에는 추웠다. 하지만 넓이는 딱 좋았다. 무엇보다 쭉쭉 뻗은 나뭇가지들이 우리를 가려주었다.

먹을거리를 사고 정보를 수집하는 일은 아즈사에게 맡겼다. 그녀는 폐차에서 빠져나가 먹을거리를 사러 간다. 오가는 길에 와이파이를 잡아 사건에 관한 정보를 수집한다.

나는 그동안, 폐차에 꼼짝 않고 몸을 숨기고 있을 뿐이다. 아즈사가 정말 고맙다.

돈이 많지 않으니 만족스럽게 먹을 수는 없다. 나는 밖으로 나가는 것조차 마음대로 할 수 없다. 밤이면 너무 추워서, 손난로 없이는 견디기 어렵다. 샤워도 할 수 없고 화장실도 없어, 주거환경으로는 최악이었다.

유일한 낙은 깊은 밤.

사람들 눈을 의식하지 않아도 되는 시간, 나는 아즈사와 함께 밖으로 나간다.

아즈사가 편의점에서 빈 페트병에 받아온 따뜻한 물로 몸을 녹이면서 밤하늘을 올려다본다.

강가는 빛이 많지 않아 별이 보인다. 1월의 밤은 춥지만 공기가 맑아서 쾌적하게 별을 볼 수 있었다. 꽃에 대해 잘 아는 아즈사는 별에 대해서는 별 지식이 없는지 말이 없다. 나도 잘 모르니 말은 하지 않는다.

아, 별이 참 예쁘다. 그렇네.

의미 없는 그런 말을 주고받으면서 밤하늘을 계속 올려다본다.

잠깐은 우리가 테러리스트라는 걸 잊는다. 가해자 가족이며 피해자 가족이라는 것도 잊는다. 경찰에 쫓기는 몸이라는 것도 잊는다.

그저 시간이 지나가기를 기다린다.

"역시 나는 꽃이 더 좋네."

아즈사가 멋없이 그렇게 말하면서 차로 돌아간다. 나도 추위에 투덜거리면서 차로 돌아간다.

그런 시간이 푸근하고 좋았다.

……

누군가가 어깨를 살며시 흔들어, 눈을 떴다.

아즈사가 돌아온 듯하다. 그녀가 내 옆에 앉았다. 우리는 뒷좌석에 나란히 앉아 있다. 시계를 보니, 벌써 저녁때다. 첫 번째 폭파에서 이틀 반이 지났다. 용케 지금까지 잡히지 않았다 싶다.

"돌아오지 않을 줄 알았어."

아즈사가 내 어깨를 살짝 꼬집었다.

"널 두고 어떻게 가버려. 다음에도 그런 말 하면 화낼 거야."

나는 순순히 미안하다고 사과했다. 아즈사에게 못할 말을 했다.

그녀는 안도 씨와 나눈 얘기를 내게 전했다. 어떻게 그럴 수 있었는지는 모르겠지만, 안도 씨가 하이타니 유즈루와 만난 듯하다. 하이타니 유즈루의 진술도 녹음했다고 한다.

"다행이다. 드디어 나타났네. 의지할 만한 사람이."

줄곧 기다렸다. 사건의 실상을 알고 우리 편이 되어 줄 사람을. 위험을 무릅 쓰고 만나러 간 아즈사가 더없이 고맙다.

나는 자신의 어깨를 주무르면서 좁은 차 안에서 스트레치를 했다. 딱딱한 시트에 오래 누워 있었던 탓인지 몸이 딱딱하게 굳었다.

"아쓰토, 오빠가 왜 미유의 목숨을 노렸는지, 자세하게 듣고 왔어."

내가 가장 알고 싶은 내용이었다.

아즈사는 일기에 적은 메모를 보면서 내게 설명했다.

하이타니 유즈루는 직접 만든 과산화 아세톤 폭탄을 시험해 보고 싶었다. 그래서 사람 없는 깊은 산속으로 들어가 폭탄을 터뜨렸다. 그 광경을 와타나베 미유가 목격했다. 와타나베 미유는 꽃을 찾기 위해 산속에 들어갔던 것이다. 초조해진 하이타니 유즈루는 와타나베 미유에게 입단속을 부탁하고, 그 대신 들꽃보다 화사한 꽃 화분을 사주기로 약속했다. 와타나베 미유와 함께 꽃가게에 가서 그녀에게 마음에 드는 화분을 고르라고 했다. 와타나베 미유의 마음을 파고든 하이타니 유즈루는 미유를 집까지 데려다주고, 다음 날 도미타 히이로에게 방화를 지시했다.

정말 비열하고 비겁한 짓이었다.

지금 당장 하이타니 유즈루의 목에 칼을 꽂고 싶었다. 만약 그 자리에 있었더라면, 나는 전후사정 볼 것 없이 칼을 휘둘렀을 것이다. 분노로 머리가 뜨거워진다.

그러나 지금은 그것보다 반드시 해야 할 일이 있다.

하이타니 유즈루의 고용주를 타도해야 한다.

몇 번 심호흡을 하면서 마음을 가라앉힌다.

"아즈사, 나, 한 가지 부탁해도 될까?"

태블릿을 켜고 동영상을 띄운 다음 내밀었다.

그녀는 눈을 번쩍 뜨면서 태블릿을 받아들었다.

"이게 뭔데?"

그녀가 쉰 목소리로 물었다.

조금 전에 밖으로 나가 정보를 모았다. 그 가운데서 발견한 것이다.

인터넷에 아즈사의 집 사진이 나돌았다.

"나의 과거사에 대한 정보는 벌써 어느 정도 퍼졌어. 그런데 지금 와타나베 아쓰토의 집에 불을 지른 사람은 '도미타 히이로'가 아니라 '하이타니 유즈루'라는 정보가 확산되고 있어."

누가 밝혔는지, 내가 소년범죄 피해자의 유족이라는 것도 이미 주지의 사실인 듯했다. 그들 말이, 와타나베 아쓰토는 증오심에 미쳐 날뛰는 소년이란다. 우리 가족을 살해한 소년이야말로 극악무도한 악인이라는 비난의 목소리도 있었다.

한 마디로, 추리가 혼선을 빚고 있다. 악인 후보를 닥치는 대로 공격하는 상황이다.

"어떻게? 우리 오빠가 사건 관계자라는 건, 아직 몇 사람밖에 모르는데."

아쓰토가 고개를 끄덕인다. 후보가 좁혀졌다.

하이타니 유즈루와 사건의 관계성을 알고 거짓 정보를

흘릴 수 있는 인물이다.

"도미타 히이로일 수도 있지. 자기 개인정보가 확산되기 전에 거짓 정보를 흘린 거야."

틀림없이 그렇다고는 할 수 없다. 다만, 그럴지도 모른다는 확신에 가까운 예감을 느낀다.

그러나 범인이 누구든 상관없다. 아즈사 가족에게 비난의 화살이 쏟아지고 있다는 사실이 문제다.

아즈사가 태블릿을 끄고 머리를 부여잡았다.

"미안해. 보여주지 말 걸 그랬나 보다."

"아니야. 각오는 하고 있었어. 오빠가 실행범이라고 보도되면, 어차피 우리 가족은 비난을 피할 수 없으니까."

그녀가 고개를 저으면서 말했다.

오기다. 목소리에 기운이 없다.

그 표정을 보고서, 무슨 말이든 해야 한다는 충동을 느꼈다.

"괜찮아. 세상의 관심은 금방 고용주로 돌아설 거야. 이 인간의 민낯을 폭로하겠어. 계획을 전부 날려 버릴 거야."

하이타니 유즈루 혼자 비난의 화살을 맞게 해서는 안 된다.

배후가 있다는 사실을 세상에 알려야 한다.

"저 벤치에서 미래를 얘기하는 날이 꼭 올 거야, 너에게는."

기운을 북돋아 주고 싶어서, 아즈사의 눈을 가만히 쳐다보았다.

그녀도 내 눈을 쳐다보았다.

"너에게는? 아쓰토도 같이 있는 거 아니야?"

그녀가 불쑥 물었다.

예리한 지적에 나는 할 말을 잃었다.

마치 이쪽을 꿰뚫어 보는 듯한 눈동자였다. 얼버무릴 수 없다는 것은 그녀의 꽉 다문 입술을 보고 바로 알았다.

"아, 미안."

나는 손을 살짝 흔들면서 대답했다.

"잘못 말했어. 우리 약속, 기억하고 있어. 그럼, 우리 같이 미래를 얘기해야지."

이제는 내 마음을 인정해야 한다. 더는 연기할 수 없다.

나는 아즈사와 함께 행복해지고 싶다.

둘이 함께 저 벤치에 앉을 수 있다면, 얼마나 멋질까.

나는 그녀를 향해 손을 내밀었다.

"이 미친 세상을 같이 날려 버리자."

아즈사는 부드럽게 미소 짓고는 내 손을 잡았다.

우리는 한참이나 손을 마주 잡고 있었다.

이동하는 중에 나는 와이파이를 잡아 사건에 관한 정보를 수집했다.

태블릿으로 얼굴을 가리려는 이유도 있다. 그리고 체포되고 나면 뉴스를 얼마나 확인할 수 있을지 몰라서.

뉴스를 검색했다. 나에 관한 뉴스 일색이었다. 시설 대표의 기자회견 기사를 보고는, 가슴이 아팠다. 내각에서 성명을 발표했다. 경찰에는 신속한 대응을, 매스컴에는 미성년자에 대한 보도의 배려를 요청하는 내용이었다. 전자는 몰라도 후자는 큰 후폭풍을 몰고 왔다. 테러리스트에게 배려는 필요하지 않다는 내용의 분노한 댓글이 줄줄이 이어졌다.

그다음 여러 가지 블로그를 검색했다. 나에 대한 비난으로 시끌벅적했다. 첨부된 사진을 보고 나는 기겁하고 말았다. 가족이 잠든 묘소의 비석에 천박한 욕설을 스프레이로 휘갈기고, 그런 비굴한 짓을 해놓고 무슨 무용담을 전하듯 의기양양하게 떠벌리기까지 했다.

옛 친구의 이름을 보았을 때는 소름이 끼쳤다. 중학교 시절 같이 동아리 활동을 하면서 사이좋게 지낸 친구였다.

나와 종종 얘기를 나눴다는 이유만으로 협력자 후보군에 올라 있었다. 글을 쓴 사람은, 와타나베 아쓰토의 친구라고 하니 별 볼 일 없는 인간일 것이라고 했다.

드론을 사용해 내가 지냈던 시설을 상공에서 중계한 자도 있었다. 그 동영상에는 시설 아이들의 모습도 보였다. 마당에 있던 그들은 드론을 보고는 울상을 지으며 건물 안으로 뛰어 들어갔다.

인터넷상의 중고마켓에서 나의 초등학교와 중학교 졸업문집 복사본을 매스컴 관계자에게 파는 사람도 있었다. 3만 엔이라는 높은 가격이 매겨져 있었다. 너무 심하다.

마지막으로 SNS를 훑었다. 키워드로 검색하자, 나에 관한 욕설과 잡다한 말이 이어졌다.

'사형'과 '사살' 등의 과격한 단어가 아무렇지 않게 쓰여 있다.

사람들이 아즈사의 집에도 몰려간 듯했다. 과거 와타나베 아쓰토 가족을 죽인 남자의 집이라는 낙서가 여기저기 휘갈겨져 있었다. 엉망이 된 화단 사진도 있었다.

무수한 목소리가 우리를 짓밟는다.

정의롭다는 사람들이 가해자 모두를 공격한다.

구역질이 났다. 지금 당장 뛰쳐나가 "주위 사람들까지

끌어들이지 말라."고 외치며 무릎을 꿇고 빌고 싶다. 심장이 뛰는 속도가 빨라진다. 정신을 놓으면 울음이 터질 것 같았다.

아즈사의 손을 더 꼭 잡았다.

"아쓰토?"

그녀가 얼굴을 쳐다본다.

나는 괜찮다고 대답했다.

질 수 없다. 나는 마음속으로 외쳤다. 이런 목소리에 질 수 없다.

그런데 내가 실수를 저지르고 말았다.

나도 모르게 사람들이 다니는 길까지 나오고 말았다.

몸 상태가 안 좋은 모양이라 여겼는지, 근처에 있는 여자가 쳐다보았다. 눈길이 마주쳤다. 베이지색 코트를 입었고, 회사원인 듯 보인다.

그녀가 손에 든 가방을 떨어뜨렸다. 눈을 번쩍 뜬 채 어리둥절해하고 있다.

나를 알아보았다. 틀림없다.

"도망치자!"

나는 아즈사 손을 잡고 뛰었다. 여자가 쫓아오는 기미는 없었다. 돌아보니, 휴대전화를 만지고 있다. 경찰에 신고

하려는 것이다. 위험하다.

도심의 길에서 전력 질주하는 인간은 없다. 우리는 자연히 눈길을 끌었다. 나와 눈이 마주치면, 모두가 비명을 질렀다.

멈춰 설 수 없었다.

우리가 지금 있는 곳은 국도 20호선, 하쓰다이 역 근처다. 저녁때가 되어 국도는 혼잡하다. 국도 옆길을 따라 우리는 신주쿠 역 방향으로 있는 힘을 다해 뛰었다. 정시에 퇴근한 듯한 회사원이 우리 모습을 보고 입을 쩍 벌린다.

우리를 쫓는 사람들도 나타난 듯하다. 등 뒤에서 욕설이 들린다. 뒤돌아볼 여유는 없다. 다행히 달리기에는 자신이 있다. 아즈사도 제법 빠르다. 빨강으로 바뀌기 전, 신호가 반짝거린다. 후다닥 건널목으로 뛰어들어 우리는 목적하는 장소로 향한다.

"아쓰토!"

뛰어가면서 아즈사가 말했다.

"있지, 스노드롭 피었어?"

내 귀를 의심했다.

"이 상황에 그런 말이 나와!"

태평하게 군다고 아즈사를 노려본다. 하지만 그녀 눈초

리는 심각했다.

"이제 얘기할 기회가 없을지도 모르잖아."

그럴지도 모른다. 사태가 어떤 식으로 돌아가든, 내가 체포되는 건 기정사실이다. 유치장에 갇혔다가 감별소로. 나와 아즈사가 얘기할 수 있는 날은 평생 오지 않을 것이다.

아즈사도 알고 있는 것이다.

"이제 곧 꽃망울이 맺힐 것 같아. 그런 게 궁금했어?"

"아쓰토, 스노드롭 전설에 이런 이야기가 있어. 눈은 원래 무색이었는데, 그래서 눈이 색을 나눠 달라고 꽃들에게 부탁했대. 다른 꽃들은 모두 거절했는데, 스노드롭만 자기 색을 주었어. 그래서 그날부터 눈이 하얘졌대."

그녀는 뛰어가면서 막힘없이 얘기했다.

어쩌면 오래전부터 준비한 내용인지도 모른다.

"난 줄곧 무색투명했어. 아무 생각도 하지 않고, 행동도 하지 않고, 그저 괴롭힘을 견디고만 있었어. 우리 오빠가 저지른 죄로 나도 벌을 받아야 한다고 생각하면서. 그런데 아쓰토를 만나, 그게 잘못된 생각이란 걸 알았어. 나는 피해자 가족을 위해 고민해야 되는 거였어. 이구치 씨 유족을 다시 만나서, 우리가 어떻게 하길 바라는지 얘기를 들어볼게. 아쓰토와 함께 스노드롭을 키운 거, 의미 있는 일이었을 거야."

아즈사가 내 손을 쥔 손에 힘을 주었다.

"결말이 어떻게 되던, 아쓰토와 함께여서 좋았어."

그녀 말에 내가 하루의 일과처럼 찾았던 장소가 떠올랐다.

빛이 들어오지 않는 공간에서나 겨우 마음이 차분해졌다. 분노의 화살을 어디로 돌려야 할지 몰라 그저 계속해 움직이기만 하는 내게는 어둠이 어울린다고 생각하고서.

검은 어둠에 싸여 나는 '목소리'를 보았다.

하얀색을 주었다고?

아즈사 말대로 의미가 있었다고 생각한다.

그녀와 얘기하면서 드디어 목적한 장소에 도착했다.

신주쿠 중앙공원. 공원 한 모퉁이에 있는 한 오브제가 나를 가리는 벽이 되어 주었다. 신주쿠 역에서 도보로 10분 거리. 도쿄 도청사 앞이다. 사람들이 모이는 장소로 더할 나위 없는 입지조건이다.

돌아보니, 사람들이 나를 바짝 뒤쫓고 있었다. 테러리스트를 잡으려는 용기 있는 사람들이 이렇게 많을 줄은 몰랐다.

주머니에서 식칼을 꺼낸다. 할머니 유품이다. 아즈사를

뒤에서 껴안고 그녀 목덜미에 칼을 들이댔다.

"가까이 다가오지 마! 안 그러면 이 아이를 죽일 거야."

아즈사는 인질이다.

내 몸을 지키는 유일한 존재.

가련한 소녀에게 칼을 들이대자, 나를 둘러싼 사람들이 동작을 멈췄다.

"마지막 동영상을 올리겠어. 그 영상의 메시지대로 해!"

나는 아즈사의 휴대전화를 빌려 영상을 올렸다. 내용은 지금까지의 영상에 비해 구체적이다.

"히즈 슈지 의원과 일대일로 대화하고 싶다. 그렇게 해 주면, 즉각 인질을 풀어주고 자수하겠다."

무모한 요구가 아니다. 테러리스트가 대화를 원하고 있다. 절대 무시할 수 없을 것이다. 그 기회에 모든 것을 거는 수밖에 없다.

나와 아즈사는 서로를 마주 본다.

이 세계를 반드시 날려버릴 거야.

우리는 순식간에 포위되었다.

몇 분 지나지 않았는데, 빠져나갈 구멍이 없다.

나는 왼손에 스노드롭 카드를 쥐고 있다. 식칼을 쥔 오른손은 아즈사의 목덜미를 짓누르고 있다.

인질극을 벌이길 잘했다. 경찰은 나를 노려만 볼 뿐 덮치지 못한다.

경찰의 포위망 끝에 카메라를 어깨에 멘 사람들의 모습이 보였다. 방송국 사람들일 것이다. 나는 아즈사의 얼굴을 가리기 위해 그녀 윗도리에 달린 후드를 덮어씌웠다. 그녀의 얼굴까지 노출되는 것은 나의 본의가 아니다.

그동안에도 경찰의 숫자가 늘어갔다. 특수부대가 동원된 듯하다. 무장한 경찰이 잰걸음으로 공원에 나타났다. 농성 사건 뉴스에서 봤던 장면이다.

만약 아즈사를 인질 삼지 않았더라면 나 같은 아이는 눈 깜짝할 사이에 체포되었을 것이다. 내가 미성년이 아니면, 사살될 가능성도 없지 않다.

나를 완전히 포위하자, 저쪽에서 빛이 쏟아졌다. 밤인데 마치 대낮 같다.

양쪽에 대원을 거느리고 한 남성이 앞으로 나왔다.

히즈 의원이었다. 조금도 기죽지 않은 당당한 걸음걸이로 다가온다.

나는 왼손에 쥔 스노드롭 카드를 놓았다. 그리고 대신

소형 확성기를 들었다.

"거기서 멈춰요. 더 이상 가까이 오면, 이 아이를 찌를 겁니다."

인질을 다루는 철칙은 목에서 한시도 칼을 떼지 않는 것.

이 상황에 인터넷에서 배운 지식으로 대치하다니 우습지만, 사전 예습을 했다. 인질을 다루는 정확한 방법으로.

아무리 겁나고 두려워도, 나는 인질이 아닌 사람에게 칼을 휘둘러서는 안 된다. 내 몸을 지키려 해서도 안 된다. 아즈사의 목에 계속 칼을 들이대고 있을 것.

칼을 히즈에게 향하는 순간, 경찰에 포박되고, 나는 진다.

이건 두뇌도 육체도 아닌, 마음의 싸움이다.

"시간을 주세요. 10분간. 히즈 의원과 대화할 시간. 그런 다음 나는 인질을 풀어주고 자수할 겁니다. 이건 절대 거짓말이 아니에요."

히즈의 얼굴을 보았다. 화가 난 표정, 상대를 찔러 죽일 듯 강렬한 눈초리로 노려본다.

아쓰토는 묘한 익숙함을 느꼈다.

그렇다. 전에 한 번 이 사람과 언쟁을 한 적이 있다. 그때 나는 그저 내 감정을 쏟아내고 울부짖기만 했다. 상대는 나의 분노를 슬쩍 받아넘겼다. 비참하고 한심할 뿐이었다.

굴욕스럽고 비참했던 과거가 떠올라, 손에 땀이 배었다.

그 순간, 내게 안겨 있던 아즈사가 내 몸에 약간 체중을 실었다.

순진한 인질인 척하려는 것인가. 아니면 나를 응원하려는 것인가.

괜찮다. 지금의 나는 그때와는 다르다.

"와타나베 아쓰토 군."

히즈가 확성기를 손에 들고 말했다.

"알겠어요. 10분간, 얘기를 나누죠. 이제 인질을 풀어 주겠다고 약속해요."

"아쓰토 군이라고 부르지 않는군요. 전에 만났을 때는 그렇게 불렀는데."

히즈의 표정이 험악해졌다.

"군을 만난 기억이 없는데. 나는 하루에도 수십, 수백 명을 만납니다."

시치미 뗀 대답에, 나는 일부러 웃어 보였다.

흠, 그렇군. 테러리스트와 대면한 적이 있다는 사실을 덮으려는 속셈이야.

나와의 대화 따위는 오점이 된다는 말이지.

"약속하죠."

나는 고개를 끄덕였다.

"인질은 반드시 풀어주겠습니다. 절대 해치지 않겠습니다."

10미터 거리를 두고 나와 히즈가 대치한다.

"히즈 의원님, 우선 당신의 생각을 알고 싶군요. 마침 좋은 기회겠죠. 소년법과 소년범죄에 대해서, 당신의 입장을 알려 주시죠."

"갑자기 왜 그런 소리를? 그게 자네의 요구 사항인가?"

요구와는 다르다.

"필요해서 그럽니다."

어딘가 석연치 않다는 표정이었지만, 히즈는 확성기를 들었다. 여전히 움찔거리는 기색은 없다.

"나는 소년법은 즉각 개정해야 한다고 봅니다. 지금까지 여러 번 개정되었지만, 피해자와 전 국민이 만족할 수 있는 선은 아니지요. 그러나 인권주의자들은 통계 자료와 법 이론을 들먹이며 국민의 목소리를 부정하고 있어요. 우리 모두가 알고 있습니다. 인간은 모두 죄의 대가를 원해요. 나는 피해자 유족의 고통을 가슴에 새기고, 대가를 원하는 우리 모두의 감정에 합당한 방향으로 법을 개정해야 한다고 주장합니다. 예를 들어, 소년범죄의 실명 보도가 그에 해당하겠지요. 가해자의 교화와 갱생을 위해서 실명보도를 해서는 안 된다는 의견이 있는데, 현행법은 실명보도를 금지하고 있습니다. 지금 상황에서도 소년 형무소에서 출소한 소년의 재범률이 높아요. 즉, 실명보도를 하지 않아도 재범은 발생하는 것이죠. 그렇다면 재범을 막을 게 아니라 애당초 초범을 막아야 하죠. 엄벌에 처해 재범을 막도록 하고, 가해자에게는 벌을 주고, 피해자는 구제해야 합니다. 이 아름다운 나라를 지키기 위해서 소년법 개정이 반드시 필요하다는 것을, 이번 테러를 통해 다시 한번 통감했습니다."

히즈는 줄곧 나를 노려보면서 우렁차게 말했다.

나는 물론이고 이 공원에 있는 사람 모두에게 들리도록.

사람들 사이에서 박수 소리가 울렸다.

경찰과 매스컴뿐만 아니라 구경꾼도 모여든 듯하다. 오래 계속되는 박수 소리가 밀려오는 파도처럼 나를 삼켰다. 저만치서 치는 소리일 텐데, 바로 내 귓가에서 들리는 듯하다.

나도 구경꾼으로 이 자리에 있을 수 있다면 얼마나 편할까.

박수 소리가 끊기는 순간을 기다렸다가 내가 말했다.

"알겠습니다. 과연 히즈 의원님답군요. 당신의 말이 옳다고 박수를 치는 사람들이 태산처럼 많겠죠."

히즈는 아쓰토를 풋내기 취급하듯 피식 웃었다.

"아쓰토 군은 반대 입장인가요?"

"설마요."

나도 웃어 보였다.

"당연히 공감합니다."

이해하지 못할 리가 없다.

이 자리에서 도미타 히이로의 이름을 큰 소리로 외쳐줄까. 그 결과 도미타 히이로의 인생이 진흙탕으로 떨어지는 건 내 알 바가 아니다. 그렇게 생각하는 내가 있다.

그러나 그런 짓을 한 인간이 있었기에 하이타니 유즈루는 새 삶을 포기했다.

그리고 나는 가족을 잃었다.

"당신의 주장은 충분히 이해해요. 납득이 갑니다. 하지만, 그래도 나는 당신과 대적하지 않을 수 없군요."

"무슨 말인지, 의미를 모르겠군."

히즈가 침이라도 내뱉듯 말했다.

그 순간, 눈을 감았다. 천천히 숨을 고르고, 단숨에 말했다.

“나는, 계속 고민했어요. 우리 가족은 열세 살짜리 소년 때문에 죽었습니다. 많은 사람들이 내게 가르쳐 주었죠. ‘국가는 가해자만 보호한다’고, ‘피해자는 스스로 복수하는 수밖에 없다’고요. 동시에 찬찬히 설득하는 목소리도 있었어요. ‘소년은 미숙하니 어쩔 수 없이 보호해야 한다’거나 ‘복수가 전부는 아니다. 천국에 있는 가족도 그걸 바라지 않는다’고요. 그날부터 나는 계속해 움직였습니다. 사건을 후회하는 가해자도 있는 한편, 반성은커녕 새로운 범죄를 저지르는 가해자도 있었습니다. 민사배상을 피해 다니는 부모도 있고, 자신의 목숨을 걸면서까지 사죄하는 부모도 있었어요. 나는 다양한 말과 씨름했습니다. 복수, 화해, 증오, 교화와 갱생, 재범, 용서 등등. 나는 그 질문에 모두 대답을 갖고 있는 건 아닙니다. 하지만 딱 한 가지 할 수 있는 말을 찾았습니다.”

아쓰토는 가슴을 쫙 펴고 말을 이어갔다.

“복수에도 용서에도, 반드시 진실이 있어야 한다는 것이죠.”

누구 하나 야유하지 않았다.

백 명이 넘는 사람이 나를 제외하고는 아무 말도 하지

않는다.

"실명보도를 해서 궁지에 몬 탓에 가해자가 자살을 하든, 그 사람이 진범이 아니면 허망할 뿐이죠. 진실이 없으면, 제재를 하든 단죄를 하든 소용없어요. 그래서 나는 테러리스트로 당신 앞에 선 겁니다."

복수해야 하는 상대는 도미타 히이로도 하이타니 유즈루도 아니다.

사건을 도모한 배후가 드러나지 않는 한, 내 기분은 절대 풀리지 않는다.

나는 고함을 질렀다.

"히즈 의원, 열일곱 살의 소년을 고용해서 테러를 계획한 사람이 바로 당신이죠?"

"무슨 근거로 그런 말을?"

히즈가 내 말을 비웃었다. 마치 상대조차 해줄 수 없다는 듯이 입술을 비틀었다.

나는 칼을 꽉 잡았다.

"폭탄을 설치한 실행범이, 고용주의 목소리와 당신 목소리가 비슷하다고 했습니다. 지금쯤 체포되어, 똑같은 진술을 하고 있겠죠."

"목소리가 비슷하다는 게 근거인가? 무모하군."

히즈가 고개를 가로저었다.

"반드시 진실이 있어야 한다면서, 근거가 불확실한 말을 하는 모순을 범하다니. 도무지 들어줄 수가 없군."

"나는 질문을 했을 뿐입니다."

"근거 없는 질문은 거짓을 확대하는 것과 다름없지."

"그렇죠. 그러나 거짓말은 당신도 했잖아요?"

히즈가 눈썹을 찡그렸다. 불쾌하다는 표정이다.

"나와 당신은 만난 적이 있어요. 그런데 왜 처음인 척하는 거죠?"

"기억에 없으니 그렇지. 말했잖나? 나는 하루에 수십 명, 수백 명을 만난다고. 그 사람들을 어떻게 다 기억하겠어. 그걸 거짓말이라고 하면 억지지."

"나를 기억하지 못한다고요?"

"그래. 기억에 없군. 설마 기억하지 못하는 증거를 보이라고 할 셈인가?"

히즈는 이제 상대를 눌렀다는 듯이 웃어 보였다.

당연하다.

보통 이런 논쟁은 결말이 없는 평행선을 그린다. 의원과 주요 인물이 만났는지 만나지 않았는지, 뉴스에서도 종종 다뤄지는 경우다. 설마 내가 그런 추궁을 하게 될 줄은 몰랐다.

"증거를 보이라고 하지 않았습니다."

나는 고개를 저으면서 말했다.

"증거를 내미는 쪽은 나니까요."

나는 아즈사에게 지시했다. 그녀는 어쩔 수 없이 지시에 따른다는 태도로 태블릿을 꺼내 녹음된 소리를 틀었다.

"안도 씨는 못 봐서 그렇죠. '왜 소년법은 바뀌지 않는 것'이냐고 외치던 와타나베 아쓰토의 표정을. 좋게 좋게 갈 수는 없어요. 복수를 다짐하는 피해자의 감정을 안도 씨는 이해할 텐데요. 가령 옳지 않더라도, 여론을 엄벌하자는 방향으로 반드시 유도해야 합니다. 누구보다 발 빠르게 와타나베 아쓰토를 추적했던 당신만 할 수 있는 일이에요. 이번 사건은 소년법을 대폭 개정할 수 있는 기회입니다."

아즈사가 태블릿을 내민다. 나는 히즈를 노려본다.

히즈가 눈을 부릅뜬다. 그 입에서 작은 신음이 흘러나온다.

"어제, 어느 주간지 기자와 당신이 나눈 대화의 음성 파일입니다."

아즈사가 안도 씨에게 받은 자료였다.

히즈 슈지가 나를 기억하고 있다는 결정적인 증거다.

"알려지면 상당히 곤란하겠죠. 작년 9월, 테러리스트와 만난 사실이 있다면, 인상이 나빠질 테니 감추고 싶었겠죠. 당신에게 나는 정치생명을 파괴할 폭탄 같은 존재니까."

히즈와 내가 대면했을 당시의 대화가 이 상황의 분기점이었다. 만약 히즈가 나와 한 번 만났던 사실을 인정했다면, 오히려 내가 곤란해졌을 것이다.

"경멸합니다. 진실을 왜곡하고, 여론을 선동해 자신의 욕망대로 법을 개정하려는 그 수법을."

히즈의 얼굴이 시뻘게졌다.

"그래서, 어쨌다는 거야?"

히즈의 목소리가 커졌다. 거의 악을 쓰는 수준이다.

"거짓말 한두 번 했다고 해서, 그게 범죄라는 건가? 내가 열일곱 살짜리 소년을 고용해서 테러를 계획했다는 증거는 아니잖아. 나는 아무 관계없는 일이야!"

옳은 말이다.

나의 한계를 꿰뚫어 본 멋들어진 지적이었다.

"그렇죠……결국 나는 확고한 증거는 찾지 못했습니다. 필요 이상 당신 인상을 나쁘게 하거나 사태를 혼란스럽게 할 의도는 없습니다."

나는 눈을 내리깐다.

이 이상 히즈를 옭아맬 증거는 없다.

국회의원의 치부를 폭로할 힘 따위는 내게 없다. 어쩔 수 없는 일이다.

그러나 이제 충분하다. 비록 한순간이나마 히즈의 동요를 이끌어냈으니 충분하다.

"내 요구는 딱 한 가지. 조사해 주십시오. 만약 내 말이 완전히 틀린 말이라면, 어떤 벌을 받든 상관없습니다. 실행범과 사건을 계획한 고용주의 관계를 다 조사해서, 이 폭파 사건의 진상을 밝혀 주십시오."

말하는 사이에 눈물이 흘러나왔다.

연기가 아니었다. 눈물이 저절로 흘러나왔다.

"그거 누구에게 하는 말이지?"

히즈가 묻는다.

나는 주머니에서 휴대전화를 꺼냈다.

"인터넷에 실시간으로 중계되고 있습니다, 이 대화."

입을 벌린 채 히즈의 몸이 굳었다. 이제야 이해한 것이다.

히즈가 내 앞에 나타난 직후부터 중계를 시작했다.

수만 명이 넘는 사람들이 이 소리를 듣고 있을 것이다.

그 사람들을 향해 나는 필사적으로 외쳤다.

"내가 말한 내용은 주간 리얼 홈페이지에 자세하게 실릴 겁니다. 테러 사건 후에 당신이 보인 언행, 테러의 실행범인 소년의 진술도 있습니다. 의혹을 모두 밝혀 주십시오. 부탁드립니다."

뜨거운 감정이 끓어올랐다.

나는 테러리스트다. 드높은 목소리로 나의 요구를 당당하게 주장한다.

이 세상을 전부 날려버릴 거야. 나 스스로 폭탄이 되어 모든 것을 날려버린다.

나는 멈출 수 없었다. 나는 힘껏 외쳤다.

"나는 진실을 알고 싶다고! 할머니와 내 여동생이 왜 불타 죽어야 했는지. 검찰은 조사해 주지 않았어. 실행범이 열네 살 미만이라는 그 이유 하나로! 검찰이 관여할 수 없었어. 진범을 밝힐 수 없었다고! 나는! 전부 알고 싶었어. 나는, 사건에 관련된 모든 정보를 입수했어! 그렇지 않고는! 조금도 앞으로 나아갈 수 없다고! 복수를 하면 이 마음이 해소될까? 웃기지 마! 지금의 내게는 복수를 선택할 여지조차 없다고! 엄벌? 그래서 모든 것이 해결된다고 생각하면 오산이지. 가해자가 실명으로 보도되어서, 가령 방화범이 자살했다 치자! 누가 진짜 나쁜 사람이었는지 모르면 어떻게 그 상황을 납득할 수 있겠냐고!"

몇 번이나 꿈을 꾸었다.

나는 그날 일을 떠올렸다.

행복하고 특별한 추억으로 기억되었어야 하는 그날. 그런 행복은 우리 손에서 스르륵 빠져나갔고, 악의의 불길이 우리를 덮쳤다. 눈앞에 펼쳐진 현실을 믿을 수 없어 내 안에서 무언가가 무너졌나. 나는 거의 미쳐버릴 것 같았다.

"그들이 우리 가족을 노린 이유는 동생이 산속에 꽃을 따러 갔기 때문이었어. 그곳에서 이번 테러에 사용될 폭탄을 실험하는 현장을 목격하고 말았지. 그래서 동생의 입을 막기 위해, 다음 날 우리 집이 화염에 휩싸였던 거야. 내 생일 밤이었어."

생일 파티가 끝나고 가족이 모두 잠든 후, 도미타 히이로는 불을 질렀다.

집을 삼켜버린 불길에서 겨우 나만 빠져나왔다.

정신을 차렸을 때는 복도가 한 걸음도 다가갈 수 없을

만큼 불길에 휩싸여 있었다. 나는 미유도 당연히 빠져나왔을 것이라 믿고 탈출했다. 그런데 나만 살았다.

순간적으로 내가 집어든 것은 미유가 준 스노드롭 화분뿐이었다.

"동생은, 내게 생일 선물을 주려다 살해당했어."

숨을 쉴 때마다 어깨가 오르내렸다. 목이 터질 것 같고, 눈물이 앞을 가리고, 머리로 피가 솟구쳐 의식이 몽롱해졌다.

공원은 물을 뿌린 것처럼 고요했다.

박수도, 환호성도, 야유도 없었다.

정적에 싸여 있었다.

하고 싶은 말, 해야 할 말은 다 했다. 하지만 아직 끝나지 않았다.

특수부대원들 사이에 긴장감이 맴돌았다. 그들은 내게 돌격하기 위해 자세를 낮췄다.

약속한 10분이 지난 것이리라. 이제 그만 물러날 때다.

"진실을 알고 싶어."

나는 마지막 말을 끝냈다.

"그게 내가 원하는 거야."

확성기를 땅에 떨궜다. 휴대전화도 앞쪽으로 내던졌다. 이제 나의 말은 아즈사 외에는 듣지 못한다.

나는 그녀 귀에 살며시 속삭였다.

"아즈사, 미안해. 역시 약속을 못 지키겠어."

아즈사가 뭐라고 웅얼거리려 했다.

아즈사가 그 말을 끝내기 전에 나는 그녀 몸을 앞으로 확 밀쳤다. 너무도 가벼운 그녀 몸이 아주 쉽게 내 몸에서 떨어져 나갔다.

꽉 쥐고 있던 칼을 자신의 목으로 향한다.

보험이다.

내 말이 사람들에게 잘 전달되었는지, 나는 확인할 방법이 없다.

범죄자의 망언이라고 조롱하고는 끝, 그런 결말도 가능하다.

만약 그렇게 된다면, 최악이다. 히즈의 무도한 짓을 폭로하지 못해 하이타니 유즈루가 희대의 흉악 범죄자로 체포된다면, 아즈사의 인생은?

그 처참한 결말을 상상하자, 눈물이 쏟아질 것 같다.

하지만, 괜찮다.

사람들은 열다섯 살 소년이 스스로 목숨을 끊기 전에 외친 말을 외면할 수 없다.

나는 테러리스트다.

마지막까지 나 자신이 세상을 날려버리는 폭탄이어야 한다.

모두가 나의 행동을 주시하고 있다.

경찰의 고함 소리가 들렸다. 특수부대원이 우르르 뛰어온다.

고개를 들자, 넋이 빠진 히즈의 멍한 얼굴이 보였다. 구경꾼들 사이에서 소리를 지르는 안도의 모습도 보였다.

아즈사는 눈을 부릅뜬 채 땅에 털퍼덕 주저앉아 있다.

목에 칼을 꽂기 직전, 무언가가 하늘하늘 떨어졌다.

눈이었다.

도쿄에 첫눈이 내리는 듯하다.

그 하얀 색깔에 아즈사가 했던 말이 떠올랐다. 그녀는 마지막까지도 스노드롭의 전설을 가르쳐주었다.

눈에 자기 색을 나눠준 마음씨 고운 꽃.

그녀 말대로다. 검은 어둠 속에서 몸부림치는 내게 희망을 주었다. 죽음의 상징이라는 말도 내 경우에는 옳았는지 모르지만.

그 전설처럼, 죽은 내 몸이 스노드롭 꽃이 된다면 얼마나 아름다울까.

나는 칼을 쥔 손에 한껏 힘을 주었다.

내 이름을 부르짖는 아즈사의 목소리가 가물가물 들렸다.

에필로그

편집장이 불쑥 지시를 내렸다.

1년이 지난 시점에서 그 사건을 총괄하라고.

그 사건이란, 와타나베 아쓰토가 관여한 테러를 뜻할 것이다. 말하지 않아도 안다. 안도는 지금 사건의 진상을 가장 먼저 파악하고, 와타나베 아쓰토를 지지해 준 기자로 알려져 있다. 덕분에 업계의 주목을 받고 있다. 이 상황을 편집장이 이용하지 않을 리 없다.

안도는 책상 앞에서 1년 전 일을 떠올린다.

……

와타나베 아쓰토는 수많은 경찰에 에워싸인 채 자신의 생각을 밝힌 후, 바로 아즈사를 놓아주었다. 그다음에는 하이타니 아즈사의 목을 짓누르고 있던 칼을 자기 목으로 향했다. 특수부대원은 미처 저지하지 못했다.

전국을 뒤흔든 테러는 그렇게 종결되었다.

텔레비전에서는 한동안 특집으로 그 사건을 다뤘다.

직후 와타나베 아쓰토 체포와 성장 과정을 다룬 뉴스가 끊이지 않았지만, 그 대상이 점차 히즈로 옮겨갔다. 사건에서 한 달이 지났을 무렵, 히즈가 체포되었다는 뉴스가 보도되었다.

반대로 와타나베 아쓰토는 영웅으로 소개되기 시작했다.

황당하면서도 멋진 반전이다.

그런데 세상은 안타깝게도 그 반전을 전적으로 받아들이지는 못하는 듯하다. 여전히 폭탄 테러범은 와타나베 아쓰토라고 믿는 사람도 많고, 그가 보도관계자에게 손을 썼다는 음모론을 주장하는 자도 있다. 그런가 하면 인터넷상에는 와타나베 아쓰토 팬 카페까지 생겼다. 자기희생 끝에 테러를 막고, 사건의 진정한 배후를 폭로한 미소년으로 홍보하고 있다.

앞으로 와타나베 아쓰토에 관한 소문이 잦아들 것인지

아니면 예상치 못한 확대를 보일지 안도도 알 수 없었다.

와타나베 아쓰토의 영향으로 소년법 개정을 촉구하는 시위가 있었다.

의외였다. 안도의 기억에 소년법 개정을 위한 시위는 그 사례가 없다. 지극히 드문 시위행진이었다.

와나타베 아쓰토의 말이 실시간으로 인터넷에 중계된 영향이 클 것이다. 그의 육성을 매스컴을 통하지 않고 직접 들을 수 있었으니 말이다.

시위에 참가한 인원은 주최자 측 집계로 3천. 대규모는 아니지만, 사람들이 전국에서 모여들었다. 앞으로 늘어날 가능성도 있다.

폭파 사건이 발생한 신주쿠 거리에서 진행된 시위는 어딘가 모르게 품위가 있었다.

17세 미만 범죄자의 사형과 소년법 폐지 등을 주장하는 과격한 목소리는 없었다. 그들은 히즈가 발언했던 실명보도는 요구하지 않는 반면 소년범죄에 대한 검찰의 개입 확대를 요구했다. 당연히 엄벌의 뜻은 포함되어 있었지만, 시위대는 다른 말을 외쳤다.

그들이 외친 표어는 '진실 없이는 교화도 없다.' '진실 없이는 화해도 없다.'였다.

와타나베 아쓰토가 사용했던 '진실'이라는 말을 인용한 듯하다.

열다섯 살의 테러리스트가 간곡하게 외쳤던 말이 다소나마 세상을 움직였다는 증거다.

……

안도는 컴퓨터 화면을 향하고 앉아 키보드를 두드렸다.

'소년법 개정 논의와 관련해, 실명보도나 처분의 경중만 문제 삼는 경향이 있는데, 피해자 단체 등은 엄벌뿐만 아니라, 검찰이 관여해 책임 소재를 명확히 해야 한다고 당당히 주장하고 있다. 소년 W의 절실한 말은 그 주장을 다시금 세상에 알렸다.'

문장이 너무 딱딱하다. 이래서는 대중의 호응을 얻을 수 없다.

대중의 눈길을 끌만한 글귀는 없을까 생각하다 와타나베 아쓰토를 뜻하는 말이 떠올랐다.

'세상을 바꾼 작은 테러리스트.'

제목은 이게 좋겠다.

몇 번이나 벽에 부딪치면서도 행동을 멈추지 않고 계속 싸워온 그에게 어울리는 말이다.

제목과 기사의 방향성은 정해졌다. 그러나 아직 독자에게 어필하려면 부족하다. 새로운 정보는 없을까. 와타나베 아쓰토에 관한 새로운 뭔가가.

안도는 잠시 기지개를 폈다.

다른 방법은 없다. 기자답게 발로 뛰어 정보를 수집하자.

하이타니 아즈사에게 연락하기로 했다.

하이타니 아즈사는 사건 이후, 도쿄에서 멀리 떨어진 곳으로 이사했다.

안도가 카페에서 기다리고 있자, 그녀가 약속한 시간에 나타났다. 당황스러운지 시선이 오락가락한다. 평범한 여고생은 들어서기 어려운 고급스러운 카페이기 때문이리라. 테이블과 테이블 사이가 넓은 곳이 좋겠다 싶어 이곳으로 정했는데, 그녀를 괜히 긴장하게 한 듯하다.

하이타니 아즈사는 안도에게 인사하고 소파에 앉았다. 메뉴의 가격을 보고 지갑 속을 확인하기 시작했다.

"내가 낼 테니까 걱정하지 마."

안도가 그렇게 전했다.

"보아하니, 취재에 익숙하지 않은 것 같군."

"네."

하이타니 아즈사가 고개를 끄덕였다.

"오빠가 체포된 후에는 매스컴이 몰려왔는데, 두 번이나 이사를 하고 나니까 이제야 좀 차분하게 생활할 수 있게 되었어요.

"두 번이나. 고생이 많았군."

"그래도 다행이죠. 만약 사망자가 발생했거나, 히즈의 행위를 폭로하지 못했다면, 계속 쫓기는 신세였을 거잖아요."

지금 매스컴은 히즈 의원의 형사 재판 결과를 주목하고 있다.

실행범이었던 소년에 대한 관심은 날로 희미해져 가는 듯하다.

"학교에서는 별일 없어?"

"아, 그게, 실은 저, 고등학교 재수하기로 했어요. 올봄부터 다닐 거예요. 다른 아이들보다 한 살 늦게 시작해요."

그녀는 현재 생활에 대해 설명해 주었다.

새로운 고장에서 엄마와 둘이 잘 살아가고 있는 듯하다.

아르바이트를 하면서 생활비도 벌고 공부도 혼자서 하는 것 같다. 봄부터 시작될 고등학교 생활이 불안하기도 하지만, 친구가 생길 수 있다는 기대도 하는 듯하다.

새 생활을 꿈꾸는 그녀의 표정이 밝고 온화했다.

폐공장에서 만났을 때처럼 차가운 눈초리가 아니다.

잠시 잡담을 하다, 안도가 본론을 꺼냈다.

"대답하기 싫은 질문일 수도 있는데, 네 오빠의 지금 상황을 좀 알려줄 수 있을까?"

하이타니 유즈루는 소년심판에서 사건의 중대성 때문에 역송치 판정을 받고 기소를 거쳐 형사재판에 회부되었다. 현재 재판이 진행 중이지만, 어차피 부정기 형을 받을 것이다.

하이타니 아즈사의 표정에서 웃음이 사라졌다.

"딱 한 번 면회를 갔어요. 기운이 없고, 엄마가 건강이 염려스럽다고 하니까, 들리지도 않는 소리로 그냥 웅얼거리고. 반성하고 있는지 아직 잘 모르겠어요. 나는 그냥 갱생에 애써 달라고만 했는데, 그 말에도 고개만 끄덕였을 뿐이라서, 과연 속마음이 어떤지는 모르겠어요."

"갱생이라."

"저는 솔직히, 평생 그 안에 있었으면 좋겠어요. 하지만,

그렇게 되지 않을 테니까, 저는 앞으로도 계속 오빠 문제를 끌어안고 살아가겠죠."

하이타니 아즈사는 커피잔을 천천히 입으로 가져갔다.

다부진 발언이지만, 말만큼 단순한 일은 아닐 것이다.

하이타니 아즈사가 살며시 미소 지었다.

"가끔 사람들이 애처로운 눈으로 봐요. 오빠를 버리고 자유롭게 살면 좋을 텐데, 하는 식으로요."

애처롭게 쳐다보지 않았는데, 감정이 전해진 듯하다.

안도는 커피를 한 모금 마셨다.

그녀가 똑바로 안도를 쳐다보았다.

"동생이라서가 아니에요. 제가 그러고 싶어서예요. 오빠를 버리거나 피하지 않고, 어떻게 하면 피해자에게 보상할 수 있을지, 생각해 보려고 해요. 저만이 할 수 있는 역할이니까."

안도는 하이타니 아즈사가 한 말, 한 마디 한 마디를 그대로 수첩에 메모했다.

취재를 끝내고 회사로 돌아오니, 어째 편집부가 소란스러웠다.

편집장 데스크에 사람들이 모여 있다.

또 사건이 발생한 것일까. 소년범죄는 아니겠지.

다가서자, 편집부 사람들이 일제히 안도를 돌아보았다. 마치 안도의 등장을 기다리고 있었던 것처럼.

“무슨 일입니까?”

안도가 그렇게 물으면서 쳐다보자, 동료 한 명이 봉투를 내밀었다.

보내는 사람의 이름은 적혀 있지 않다.

바로 봉투를 뜯었다. 안에 편지지 한 장이 들어 있었다.

‘한 번 만나 뵐 수 있을까요? 와타나베 아쓰토.’

또박또박 그렇게 쓰여 있었다.

편집부가 소란스러웠던 이유를 알겠다. 그가 직접 접촉해 오다니.

그렇다. 와타나베 아쓰토는 죽지 않았다.

그의 자결은 실패로 끝났다.

그는 제 손으로 자기 목에 칼을 들이댔다. 안도도 칼이 그의 목에 닿는 순간을 목격했다. 그런데 그가 동작을 멈췄다. 그리고 칼이 목을 찌르기 전에 체포되었다.

그 후 소년심판에서 아동자립지원 시설 송치 판정을 받

았다.

열다섯 살 소년에게 흔치 않은 판정이었다.

와타나베 아쓰토는 현재 시끄러운 세상을 떠나 시설에 격리되어 있다.

그 시설은 도쿄에서 멀리 떨어진 곳에 있었다. 현청 소재지에서 전철을 타고 한 시간을 가고, 그다음 또 버스를 탔다. 인적 드문 산속에 조용히 서 있는 건물이 멀리서는 평범한 중학교처럼 보였다.

안도는 안내 창구에서 이름을 말하고 잠시 기다렸다. 가족이 아니어도 면회할 수 있다는 얘기는 들은 적이 없는데, 특별히 허가가 떨어진 것일까. 그렇다면 직원들 사이에서 와타나베 아쓰토가 상당한 신뢰를 얻고 있다는 뜻일 것이다.

결국 그 테러의 와중에는 그와 직접 얘기할 기회가 없었다.

히즈, 하이타니 유즈루, 하이타니 아즈사, 사건에 관련된 인물을 모두 만났는데, 정작 가장 중요한 인물과는 한 번도 얘기를 나누지 못했다.

"안도 씨."

바로 앞에 와타나베 아쓰토가 서 있었다.

사건 때보다 키가 훌쩍 자랐고, 얼굴도 어른스러워졌다. 안도는 그의 평온한 표정에 놀랐다. 안도의 기억에는 슬픔과 분노에 찬 눈빛만 인상적으로 남아 있는데. 그러나 지금 와타나베 아쓰토는 환한 미소를 띠고 있다.

"소년범죄 피해자 모임에서 뵙고, 처음이네요."

"그렇군. 오랜만이야. 목의 상처는 이제 괜찮은가?"

"네. 깊이 찔리지 않았어요. 피부를 스치고 끝."

그가 고개를 끄덕이며 말했다.

"걸으면서 얘기할까요?"

그의 제안에 두 사람은 시설 안에 있는 숲을 천천히 걸었다.

걷는 도중에 그가 시설에서 있었던 일을 얘기해 주었다.

"꽃을 돌보는 시간이 있어요. 좋아하는 식물을 선택해서 매일 정성스럽게 돌봐야 하는데, 저는 원래 키우던 화분이 있어서, 택배로 받았어요."

원래는 얘기를 좋아하는 성격이었는지도 모르겠다.

그가 즐거운 표정으로 얘기를 이어갔다.

안도는 가끔 맞장구를 치면서, 얘기를 꺼낼 기회를 기다렸다.

"저 있지, 아쓰토 군. 내가 한 가지 사과할 일이 있어."

"뭔데요?"

"하이타니 유즈루가 소년원에서 나온 후에 새롭게 사는 그를 방해한 사람, 바로 나였어. 내가 그런 기사를 쓴 바람에 그가 실종된 거였어."

그 후에 히즈와 연결된 하이타니 유즈루는 와타나베 아쓰토의 가족을 빼앗아 갔다.

하이타니 유즈루의 악행을 비호할 마음은 없다. 그러나 안도는 일말의 책임을 느끼고 있었다.

"알고 있었어요. 아즈사가 얘기해 줘서."

뜻밖에 와타나베 아쓰토의 반응은 침착했다.

"그러니까 그 기사를 쓰게 된 경위를 안도 씨가 직접 가르쳐주면 좋겠어요. 전부 알고 싶어요."

"경위?"

"용서하고 증오하고 복수하고 반성하도록 하는 것 모두, 우선 전체를 알지 않고는 결단을 내릴 수 없잖아요."

"너다운 말이군."

안도가 웃었다.

"폼 좀 잡은 거죠."

와타나베 아쓰토도 웃으면서 고개를 숙였다.

"반성하도록 한다는 말, 죄송합니다. 뭐라도 된 척해서."

안도는 자신의 연인과 하이타니 유즈루의 관계에 대해 최대한 자세하게 얘기했다. 와타나베 아쓰토는 잠자코 듣기만 했다. 한 마디도 말하지 않았다.

안도가 모든 얘기를 끝내고 나자, 와타나베 아쓰토가 길게 숨을 내쉬었다.

"알겠어요. 유즈루가 범죄를 저질렀고, 나쁘다는 것은 이해하겠는데, 그래도 마음속에 풀리지 않는 부분이 있네요. 안도 씨가 그런 기사를 쓰지 않았더라면 다른 미래가 있었을지도 모르지만, 저는 부탁하는 입장이니까 강력하게 말할 수는 없군요."

와타나베 아쓰토가 잠시 말을 끊었다.

"아즈사는 지금, 잘 지내나요?"

"사건 후에 그녀는 이사를 했어. 이사 간 곳에서는 아직 사건 얘기가 나도는 것 같지 않고. 별 탈 없이 잘 지내고 있어. 세상의 관심은 지금 하이타니 유즈루에서 히즈에게로 옮겨갔어. 그러니 집요하게 구는 일도 없을 거야."

안도는 최근에 만난 하이타니 아즈사의 모습도 자세하게 전했다.

"그래요? 잘됐네요."

와타나베 아쓰토가 또 숨을 내쉬었다. 안도한 듯 환하게 웃는다.

안도가 물었다.

"왜 직접 연락하지 않는 거지? 편지는 보낼 수 있을 텐데 말이야."

하이타니 아즈사는 와타나베 아쓰토에게 어디로 이사하는지 알렸을 것이다.

그녀 말이, 와타나베 아쓰토에게서 편지는 한 통도 오지 않았다고 한다.

"제가 그녀에게 거짓말을 했거든요."

그가 한숨을 쉬며 대답했다. 처음에는 무슨 말인지 잘 몰랐다.

그러나 그의 우울한 표정을 보다, 짐작이 갔다.

"혹시, 자살하려고 했던 거?"

"아즈사에게는 말하지 않았어요."

와타나베 아쓰토가 자조하듯 웃었다.

"사실 저는 처음부터 죽을 작정이었어요. 가족을 전부 잃었는데, 혼자 살아남는 건 옳지 않잖아요."

지금껏 풀리지 않던 의문이 그 중얼거림으로 겨우 풀렸다.

와타나베 아쓰토가 전국에 자신의 이름과 얼굴을 알린

이유다. 물론 보다 확실하게 테러를 저지하고 싶은 동기도 있었을 것이다. 그러나 그 이유가 전부가 아니었다. 그는 줄곧 자기파괴욕을 느끼고 있었던 것 같다.

그럼에도 그는 자살을 포기했다.

와타나베 아쓰토가 자기 목에 칼을 꽂으려는 순간, 필사적으로 그의 이름을 외친 인물이 누구일지는 짐작이 갔다.

"네 마음을 바꾼 사람, 하이타니 아즈사였어?"

안도가 말을 이었다.

"나는 도무지 너희들 관계를 모르겠어. 친구인지, 복수의 대상인지, 이용할 수 있는 미끼인지, 여동생을 대신하는 인물인지, 아니면 연인인지. 실제로는 어떤 관계지?"

"저도 잘 모르겠어요."

와타나베 아쓰토가 고개를 약간 저었다.

"저는, 도미타도, 히즈도, 하이타니 유즈루도 용서하지 않았어요. 평생 증오하겠죠. 언젠가 찔러 죽일 가능성도 있고요. 그런데, 아즈사가 제게 어떤 존재인지는 잘 모르겠어요. 저는 피해자 가족이고, 그녀는 가해자 가족. 그녀랑 있을 때, 저는 감정적으로 몹시 혼란스러웠어요. 차분해진 지금, 제게 그녀는 어떤 존재인지."

안도는 그만 웃음이 나올 것 같았다.

놀릴 생각은 없었다. 다만, 와타나베 아쓰토의 생각지 못한 일면에 절로 웃음이 배어 나왔다.

"잊고 있었는데, 사춘기잖아."

"당연하죠."

토라진 듯 와타나베 아쓰토가 말했다.

그렇다. 그는 불과 열여섯 살이다.

안 그래도 사람들과의 관계로 고민하는 시기다. 상대가 이성이라면 더욱 그렇다.

"그런데 너, 언젠가는 성형수술 받게 될 텐데, 지금 그 얼굴로 아즈사를 만나고 싶지 않아?"

"그건 그렇죠."

와타나베 아쓰토가 머리를 부여잡고 끙끙거렸다.

직원에게 들은 얘기다. 와타나베 아쓰토는 앞으로 성형수술을 받고, 이름도 개명하게 된다고 한다. 성장기의 신체 변화까지 더해지면, 전혀 다른 사람으로 남은 인생을 보낼 수도 있다.

"그러네요."

와타나베 아쓰토가 부드러운 목소리로 중얼거렸다.

"……역시, 아즈사와 둘이 가고 싶었나 봅니다. 둘이 약속한 장소에."

안도가 손뼉을 쳤다.

“좋아, 알겠어. 그럼 직원에게 말해 줘. 나는 아즈사를 불러오지.”

“네?”

와타나베 아쓰토가 놀라서 눈을 동그랗게 떴다.

안도가 그의 등을 툭 쳤다.

“지금 시설 밖에서 기다리고 있어. 따라가겠다고 고집을 부려서 말이야.”

안도는 하이타니 아즈사를 배려해 사전에 연락을 취했다. 그녀는 꼭 같이 가고 싶다고 간절하게 부탁했다.

한 번은 거절했다. 그런데 그녀 의지가 단호했다. 주간 리얼 편집부로 전화까지 걸었다. 그 후에 어쩌다 전화를 받은 아라카와와 의기투합, 아라카와까지 나서서 나를 설득했다. 결국 안도는 하이타니 아즈사를 데리고 가기로 했다.

그 판단이 그릇되지 않았던 것 같다.

시설 직원이 특례라며 면회를 허락해 주었다.

밖에서 기다리던 하이타니 아즈사는 더는 기다리기 싫다는 듯 달려갔다.

하이타니 아즈사가 와타나베 아쓰토 앞에 마주 섰다. 그는 어색한 듯이 눈을 내리깔았다.

둘은 나란히 걸어갔다. 벤치 앞에 도착하자, 거기에 앉았다.

처음 둘은 더듬더듬 대화를 이어갔다.

그러다 점차 목소리가 높아지고 밝게 웃는 모습까지 보였다.

안도는 무슨 얘기를 하는지 궁금했다.

하지만 듣지 않는 편이 좋겠지, 하고는 피식 웃었다.

둘 사이에 끼어들 생각은 없다. 멀찍이에서 바라보기로 했다.

둘은 즐거운 표정으로 대화하고는 화단으로 눈을 돌렸다.

와나타베 아쓰토가 키운 꽃일까.

벤치 앞에서 스노드롭이 화사한 자태를 뽐내고 있었다.

찬 바람이 불어와 안도는 주머니에 손을 쑤셔 넣었다. 싸늘한 하늘 아래, 실외 벤치에서 둘이 그 꽃을 바라보는 이유를 안도는 알지 못한다.

둘밖에 모르는 사연이 있으리라.

안도는 둘의 뒷모습을 계속 지켜보았다.

후기

이 작품은 2019년 현재의 법 제도를 기준으로 썼습니다.

특히 서두 부분에서 등장인물들이 언급하는 소년법 적용연령 사안은 현재 법제 심의회 등에서 논의 중입니다. 이 작품이 발표된 후에 개정되거나, 또는 개정이 중단될 수도 있습니다.

이 이야기의 계기를 마련해주신 분, 또 출간에 협력해주신 모든 분들에게, 그리고 읽어주신 독자 여러분께 진심으로 감사드립니다.

마츠무라 료야

15세 테러리스트

초판 1쇄 인쇄 2023년 3월 2일
초판 1쇄 발행 2023년 3월 23일

글 마츠무라 료야
옮긴이 김난주
펴낸곳 도서출판 아이노리
임프린트 할배책방
펴낸이 김태광
디자인 노은하

출판등록 2018년 3월 27일 제2018-000082호
주소 서울 마포구 잔다리로 47 B1층 (서교동 373-3)
전화 02-323-4762
팩스 02-323-4764
이메일 halbaebooks@naver.com
인스타그램 @halbaebooks
ISBN 979-11-89768-65-2 03830

할배책방은 도서출판 아이노리의 임프린트입니다.